D1928450

Edgar Wallace

Nacherzählt von Alex Barclay

Das Silberne Dreieck

Band 5: Die Dame aus Brasilien

Edgar Wallace
Nacherzählt
von Alex Barclay

Das Silberne Dreieck
und
Die Dame aus Brasilien

C. Bertelsmann Jugendbuch

© by Alex Barclay und C. Bertelsmann Verlag GmbH,
München 1983 / 5 4 3 2 1
Einbandgestaltung: Klaus Renner unter Verwendung
einer Illustration von Charlotte Panowsky
Gesamtherstellung Mohndruck Graphische Betriebe GmbH, Gütersloh
ISBN 3-570-08355-1 · Printed in Germany

1. Kapitel
Ein Mann fürs Leben

Der einzige Mensch, dem Gary Lexfield vertrauen konnte, war ein verkrüppelter Zwerg. Monk hieß er. Das war sein Vorname und sein Familienname. Nicht einmal Monk selbst wußte, woher er kam und wer seine Eltern waren. Vielleicht Zigeuner. Vielleicht Einsiedler vom Romney Marsh, einem abgelegenen Sumpfgebiet hundert Kilometer südöstlich von London und hart an der Küste zur Meerenge von Dover.

Irgendwann als Kind war Monk krank geworden. Seine Knochen hatten sich zu immer größer werdenden Verwachsungen gebogen. Nichts an ihm stimmte. Alles war krumm, voller Buckel und mit knorpeligen Wülsten. Ein Auge war ziemlich zugeschwollen, das andere unnatürlich groß. Früher, als alles noch nicht so schlimm gewesen war, hatte ihn ein Mann von Jahrmarkt zu Jahrmarkt mitgenommen. Und die Leute hatten Eintritt gezahlt, um ihn zu sehen. MONK, DER ELEFANTENMENSCH! UNGLAUBLICH, ABER WAHR! EIN SHILLING EINTRITT! KINDER DIE HÄLFTE!

Es war alles schlimmer geworden seither.

Monk wagte sich nicht mehr aus dem Haus. Wenigstens nicht bei Tageslicht. Nachts ging er ab und zu in den Wald, trieb sich herum mit den Füchsen, und Leute im Dorf behaupteten, daß man bei Vollmond einen Werwolf sehen könne, jenseits des Flusses im großen Forst.

Die Leute verboten den Kindern, dorthin zu gehen, und einmal, im letzten Winter, als Bobby Allison von der Schule nicht nach Hause kam, holten die Männer vom Dorf ihre Büchsen hervor und veranstalteten eine Hetzjagd durch den Forst. Später fand man Bobby am Fluß. Er war ertrunken. Ins Eis eingebrochen und ertrunken. Und irgendwo hatte er Wunden, wie man später behauptete, als Bobby längst begraben war. Wunden von Zähnen und Krallen.

Monk zeigte sich nie jemandem. Er blieb im Haus auf dem Maple Hill, und er machte nie Licht an, wenn er alleine war. Das eine Auge, das er noch hatte, war ein gutes Auge. Er konnte nachts damit sehen wie eine Katze. So verrichtete Monk die Arbeiten im großen Park draußen, wenn es dunkel war, und tagsüber verkroch er sich in der Gruft unter dem Haus, die er zufällig entdeckt hatte. Außer ihm wußte niemand von der Gruft. Auch nicht der Mann, dem Monk das Leben verdankte. Gary Lexfield, den die Leute vom Dorf Lord Lexfield nannten.

Gary Lexfield war der Besitzer des Herrschaftshauses auf dem Maple Hill, das fast hundert Jahre lang leergestanden hatte, weil die ehemaligen Besitzer keinen Käufer finden konnten. Das Haus sah düster aus zwischen den mächtigen alten Bäumen und dem verwachsenen Buschwerk. Die Mauern, aus Quadersteinen errichtet, waren mit Moos und Efeu bewachsen. Das Haus hatte viele Erker und Zinnen, so daß es fast wie ein Schloß aussah, schmale Fenster, die vergittert waren, und eine hohe Mauer darum herum.

Von der Ebene herauf führte ein alter Karrenweg in zwei Kehren zum großen Tor, das immer geschlossen war. Die Leute im Dorf wußten wenig über Lexfield. Und sie wagten es nicht, zum Haus auf dem Hügel hochzugehen, auch wenn sie noch so von der Neugier geplagt wurden. Das Haus war verflucht, sagte man. In diesem Haus hatten vor mehr als hundert Jahren fünf Menschen einen grausamen Tod gefunden. Im Dorf gab es keine Leute mehr, die damals schon am Leben gewesen waren. Nicht einmal der alte Joe Hatch. Aber im Kirchenbuch war alles nachzulesen, was damals passiert war. Und so wußten es die Leute, so als ob sie es selbst erlebt hätten. Die Kinder wußten es auch.

Reverend Walsh warnte oft vor dem Haus. Er selbst war einmal oben gewesen. Während eines Gewitters hatte er bei der Mauer Schutz gesucht, und beinahe war er vom Blitz erschlagen worden. Seither hatte er ein Brandmal an der linken Hand, eine schrumpelige Narbe. Und die Leute fürchteten sich mehr denn zuvor.

Es war September, als Gary Lexfield wieder einmal ein Wochenende im Haus auf dem Hügel verbrachte.

Ein strahlender blauer Himmel wölbte sich über dem Land. Der Forst leuchtete in bunter Herbstpracht, mit blutrotem Ahorn, mit goldenen Pappeln und dunkelgrünen Nadelbäumen. Die Luft war so klar, daß man vom Ostflügel des Hauses aus London hätte sehen können, wenn über der Stadt nicht eine Smogglocke gehangen hätte.

Gary Lexfield hatte eine junge hübsche Frau mitgebracht. Sie war so schön, daß Monk erst glaubte, sie wäre ein Engel. Sie hatte langes blondes Haar, das in sanften Wellen über ihre Schultern fiel, und ein schmales liebliches Gesicht mit großen blauen Augen. Monk wollte sich ihr nicht zeigen, aber Mr. Lexfield lachte, legte ihm einen Arm um die Schultern und sagte, daß er nichts zu fürchten hätte.

Am Abend, als im Speisesaal auf dem Tisch Kerzen brannten und im Kamin ein Feuer knisterte, führte Mr. Lexfield Monk herein und stellte ihn der jungen Dame vor. »Das ist mein persönlicher Diener und der gute Geist hier im Haus, meine Liebe«, sagte er. »Monk ist sein Name.«

Der Lichtschein des Kaminfeuers tanzte über dem verwüsteten Gesicht Monks. Sein Mund, ein Loch zwischen höckerigen Wülsten, verzog sich etwas. Krumm auf seinen Stock gestützt, verbeugte er sich mühsam und streckte der jungen Dame seine linke Hand hin, die von der Krankheit noch nicht so stark befallen war.

Wenn er erwartet hatte, daß die junge Dame zurückfahren oder gar einen Schrei des Entsetzens ausstoßen würde, sah er sich getäuscht. Sie ergriff seine Hand und drückte sie fest, während sie ihm ohne Scheu ins Gesicht sah.

»Ich freue mich, dich wohlauf zu sehen, Monk«, sagte sie mit einer hellen, freundlichen Stimme. »Mr. Lexfield hat mir viel von dir erzählt.«

»Willkommen auf Maple Hill«, sagte Monk, und man mußte genau hinhören, um seine Worte zu verstehen, denn sie bestanden aus krächzenden Lauten, die tief aus seinem Inneren zu kommen schienen.

An diesem Abend beobachtete Monk die junge Dame, die fast noch ein Mädchen war. Und später, als es still war im Haus, ging er hinunter in die Gruft, wo er im Dunkeln saß und grübelte. Er hatte Angst um die junge Dame. Er hatte Angst, daß Mr. Lexfield von ihm verlangen würde, sie umzubringen.

Dieser schreckliche Gedanke plagte ihn die ganze Nacht hindurch. Er schlief nicht. Ruhelos wanderte er in der Gruft umher, hockte sich auf die alten Steinsärge und raufte sein borstiges Haar. Er wünschte, daß es nie mehr Tag würde, aber irgendwann drang ein bißchen Licht durch eine Spalte in die Gruft hinein, und Monk ging hinauf, um Frühstück zu machen.

Er war in der Küche, als Mr. Lexfield hereinkam. Mr. Lexfield trug seinen samtenen Morgenmantel mit dem goldenen Monogramm auf der Brusttasche. Er sah munter aus, so als hätte er gut geschlafen. Sein Haar war wie immer sorgfältig gescheitelt und gekämmt. Er war frisch rasiert und roch nach Rasierwasser.

»Elsa wird hierbleiben«, sagte er, während er zum Fenster hinausblickte.

Monk fröstelte.

»Ich weiß nicht, wann ich wieder hierher komme, Monk«, sagte Mr. Lexfield vom Fenster her. »Es kann einige Wochen dauern. Zwei oder drei.«

Monk sagte nichts. Er setzte Kaffee auf.

»Wir haben einen neuen wunderschönen Buntsprecht im Garten«, sagte Mr. Lexfield plötzlich. »Ist er dir schon aufgefallen, Monk?«

Monk nickte, und jetzt drehte sich Mr. Lexfield vom Fenster weg. Er lächelte und kam herüber.

»Ich kann mich auf dich verlassen, nicht wahr, Monk?« fragte er und legte ihm den Arm um die Schultern. Monk konnte nicht verhindern, daß er zusammenzuckte. Und er zitterte am ganzen Körper.

»Ist dir nicht gut?« fragte Mr. Lexfield. »Mein Freund, du zitterst ja.«

Monk schüttelte den Kopf. »Es ist gut«, preßte er hervor. »Alles ist gut.«

Irgendwo im Haus ertönte die helle Stimme von Elsa. Sie rief nach Mr. Lexfield, der die Küche sofort verließ. Wenig später sah Monk die beiden vom Fenster aus, wie sie durch den Park schlenderten, über die Wiese, die mit einem bunten Teppich von Herbstblättern bedeckt war. Elsa hakte sich bei Mr. Lexfield ein und hüpfte neben ihm, als wäre sie ein junges fröhliches Mädchen. Und Monk hörte sie lachen, und Mr. Lexfield zeigte zum Fluß hinunter, wo sich ein Schwarm Wildenten in den Himmel hob.

Es war ein schöner Sonntagmorgen, und Elsa hatte keine Ahnung, daß er ihr letzter sein sollte . . .

Raymond Poiccart hatte auf dem Blumenmarkt eine einzige wunderschöne Orchidee von zartem Lila gekauft. Und irgendwo im Haus in einem Schrank, dessen Geheimnisse nur ihm vertraut waren, fand er die dazu passende, äußerst elegante Vase mit schlankem Hals. Er tauschte sie gegen die chinesische Vase aus, die sonst auf dem kleinen Marmortisch im Salon stand, drehte die Blüte ins Licht des Lüsters und war schließlich mit sich und der Welt zufrieden.

George Manfred, der es sich mit der Abendausgabe des *Daily Megaphon* auf dem Sofa bequem gemacht hatte, blinzelte über den Zeitungsrand hinweg und gab ein Geräusch von sich, das Poiccart für ein Kompliment hielt.

»Ich wußte gar nicht, daß dir Schönheit auffällt, wenn sie nicht einen Rock trägt, mein Freund«, sagte Poiccart so trocken, daß sich George Manfred sogleich wieder hinter der Zeitung versteckte.

Leon Gonsalez kam spät nach Hause. Er hatte ein neues Buch des Gesichtsforschers Signore Paolo Mantegazza aufgestöbert und freute sich so sehr darüber, daß ihm weder die Vase noch die Orchidee auffielen. Poiccart nahm sich insgeheim vor, demnächst einen Kaktus auf das Marmortischchen zu stellen. In diesem Moment klingelte das Telefon.

»Soll ich?« fragte Poiccart. Er fragte selten. Meistens nahm er die Gespräche entgegen, denn er hielt sich selbst für den einzigen qualifizierten Anrufbeantworter im Haus, eine Eigenschaft, die ihm niemand streitig machen wollte. Auch diesmal nickte ihm Leon Gonsalez aufmunternd zu.

Poiccart nahm den Hörer ab. Bevor er auch nur sagen konnte, wer er war, meldete das Mädchen vom Amt ein Ferngespräch aus Paris. »Für Mr. Manfred.«

»Moment, bitte schön!« Poiccart streckte Manfred den Hörer entgegen. »Hier, für dich«, sagte er so, als wäre es schon fast ein Verbrechen, nach achtzehn Uhr einen Anruf zu kriegen. »Paris, natürlich.«

Leon, der sich mit seinem Buch in sein Zimmer zurückziehen wollte, blieb stehen.

»Natürlich?« fragte er verständnislos und zog es vor, lieber umgehend sein Zimmer aufzusuchen. Dies schien einer jener besonderen Abende zu sein, an denen Poiccart sich mit niemandem vertrug, schon gar nicht mit Manfred, dessen unbekümmerte Art ihm ab und zu gehörig auf die Nerven ging.

Poiccart beobachtete Manfred, während dieser telefonierte. Zuerst schien es tatsächlich, als hätte Manfred jemanden an der Strippe, mit dem er fröhliche Erinnerungen teilte, aber dann wurde er plötzlich ernst.

»Elsa?« fragte er. »In Zürich?« Seine Stimme bekam plötzlich einen geschäftsmäßigen Klang. Er drehte Poiccart den Rücken zu. »Verschwunden? – Seit wann? Oh, drei Wochen sind vergangen? Sir, sind Sie sicher, daß Elsa nicht irgendwo . . .«

Manfred wurde unterbrochen, und von jetzt an hörte er fast eine Viertelstunde lang zu, bevor er wieder etwas sagte.

»Natürlich könnte ich nach Zürich fliegen, Sir«, sagte er, und Poiccart runzelte die Stirn. Um ihre Barschaft stand es momentan nicht so gut, und er hoffte nur, daß sich Manfred daran erinnerte, bevor er irgendwelche kostspieligen Zusagen machte. Es schien, als ob Manfreds Gesprächspartner Poiccarts Gedanken erraten hätte, denn plötzlich grinste Manfred von einem Ohr zum anderen, zwinkerte Poiccart zu und sagte: »Selbstverständlich, Sir. Darf ich Ihnen unsere Kontonummer durchgeben?«

Poiccarts Gesicht hellte sich auf. Er tat, als interessiere ihn der Anruf überhaupt nicht mehr, ging in die Küche und setzte Teewasser auf. Im Salon war es eine Weile still. Dann sagte Manfred: »Fünfhundert Pfund? Sir, das wird sicherlich vorerst genügen. Natürlich werde ich sofort den Flug buchen. Jawohl, Sir. Sie dürfen sich auf das Silberne Dreieck verlassen. Zu Ihren Diensten, Sir. Danke. Wiedersehen.«

Poiccart schepperte mit den Teetassen, die er auf ein silbernes Tablett stellte. Aus dem Augenwinkel und durch den Türspalt sah er, wie Manfred den Telefonhörer so sanft auflegte, als wäre er zerbrechlich. Dann ging er zum

Sofa, ließ sich nieder und widmete sich wieder der Zeitung.

Poiccart nahm das Tablett mit der Teekanne und den Tassen, balancierte es geschickt auf seiner erhobenen Hand und trug es in den Salon. »Ich habe Tee gemacht, George«, sagte er so freundlich, daß Manfred sofort aufblickte.

»Nett von dir«, sagte er.

Poiccart setzte sich auf den Polsterstuhl. »Er muß noch etwas ziehen«, sagte er. »War ein hübscher Herbsttag heute, nicht wahr?«

Manfred hob eine Braue. »Ausgesprochen hübsch. Was meinst du, wie sieht Zürich im Herbst aus?«

»Ich war noch nie in Zürich.«

»Ach ja.« Manfred faltete die Zeitung zusammen und legte sie auf die Rückenlehne des Sofas. Er wußte genau, daß Poiccart es haßte, wenn man Zeitungen irgendwo hinlegte, anstatt sie in den kleinen Messingständer zu tun, der extra dafür neben dem Sofa stand.

Leon kam aus seinem Zimmer. »Ich rieche Tee«, sagte er. »Gibt es einen besonderen Grund für ein trautes Zusammensein?«

»Manfred fliegt nach Zürich«, sagte Poiccart. »Nicht wahr, das ist doch deine Absicht, George?«

George Manfred lächelte. »Ich wußte doch, daß du zugehört hast, mein Freund. Und jetzt brennt mir deine Neugier fast ein Loch in den Anzug.« Er lehnte sich zurück und holte tief Luft. »Ich glaube, wir haben endlich wieder einmal einen lohnenden Auftrag«, sagte er nicht ohne Stolz. »Und demnach sind unsere Zukunftsaussichten recht vielversprechend.«

Leon setzte sich. »Was erwartet dich in Zürich, George?« fragte er. »Eine Gans, die goldene Eier legt?«

»Was hältst du von einem Vorschuß von fünfhundert Pfund, der morgen früh auf unser Konto überwiesen wird?«

»Nicht viel«, gab Leon zu bedenken. »Ich meine natürlich nicht die Summe, George.«

»Ich weiß, daß es nicht zu unseren Geschäftsgepflogenheiten gehört, Vorschüsse anzunehmen. Aber in diesem Fall ist es angebracht, eine Ausnahme zu machen, Leon. Unser Freund und Partner, Raymond Poiccart, der es sich zur Pflicht gemacht hat, über unsere Finanzen zu walten, kann dir bestätigen, daß wir wieder einmal ziemlich knapp bei Kasse sind.«

»Einen Flug nach Zürich könnten wir uns auf gar keinen Fall leisten«, bestätigte Poiccart bestimmt.

Leon blickte seine beiden Partner forschend an. Es hatte den Anschein, als wären sie eben dabei, sich gegen ihn zu verschwören. »Darf ich vielleicht fragen, wer der großzügige Arbeitgeber ist und um was es sich bei diesem Fall handelt?«

»Setz dich zu uns«, forderte Manfred seinen Partner auf.

Leon Gonsalez, ein dunkelhaariger Mann, mittelgroß und von hagerer Statur, machte es sich im anderen Polsterstuhl bequem. Und so saßen an diesem Abend jene Männer im kleinen Haus an der Curzon Street einträchtig beisammen, die man früher die drei Gerechten genannt hatte.

George Manfred, den die anderen beiden gern als ihren Anführer sahen, um ihn an Verantwortung und Pflichtbewußtsein zu gewöhnen; Raymond Poiccart, der sich für einen geborenen Butler hielt und aus distanzierter Sicht seine Mitmenschen zu ergründen suchte; und Leon Gonsalez, der kühle Rechner mit dem unheimlichen Kombinationstalent. Zusammen waren sie das »Silberne Dreieck«, eine Detektiv-Agentur, die es in der kurzen Zeit ihres Bestehens zu einiger Berühmtheit gebracht hatte; gefürchtet von Londons Unterwelt, argwöhnisch respektiert von Scotland Yard.

»Elsa Monarty ist spurlos verschwunden«, erklärte nun George Manfred seinen Partnern. »Vor drei Wochen schickte sie einen Brief nach Hause, in dem sie ihren Eltern mitteilte, daß sie den Mann ihres Lebens getroffen habe. Dieser Brief ist das letzte Lebenszeichen von ihr.«

»Monarty?« Leon blickte so nachdenklich in seine Teetasse, wie eine Wahrsagerin in die Kristallkugel. »Der Name ist mir nicht ungeläufig.« Er hob den Kopf. »Es gelingt mir jedoch nicht, ihn unterzubringen.«

»Richard Monarty«, sagte Manfred. »Internationaler Waffenschmuggel. Pariser Verbindung zur Mafia. Ein Mann, für den sich die Behörden von mindestens zwei Dutzend Staaten interessieren dürften, ganz zu schweigen von Scotland Yard. Lebt im Ausland. Soviel mir bekannt ist, ist es Richard Monarty sogar verboten, britisches Hoheitsgebiet zu betreten. Steuerhinterziehung!«

»Wußte doch, daß ich ihn kenne«, lächelte Leon Gonsalez. »Ich hatte schon persönlich mit ihm zu tun. Erinnert ihr euch? Es gelang mir beinahe, ihm das Schwindelgeschäft mit Ägypten nachzuweisen. Das hätte ihn Kopf und Kragen gekostet.«

»Da erhebt sich allerdings die Frage, warum er sich in seiner Not an uns wendet«, gab Raymond Poiccart zu bedenken.

»Weil er mir vertraut«, antwortete George Manfred ohne zu zögern. »Ich traf ihn und seine Familie im letzten Winter in Grenoble. Seine Frau ist, im Gegensatz zu ihm, eine hervorragende Skiläuferin. Ich habe mit ihr ein paar Tiefschneeabfahrten gemacht, während Mr. Monarty sich die Zeit am Idiotenhügel vertrieb.«

»Und dabei wirst du bestimmt auch Elsa kennengelernt haben.«

Manfred hob den Blick zur Decke. »Elsa«, sagte er schwärmerisch. »Ein hübsches und geheimnisvolles Kind. Von zierlicher Schönheit. Blond, scheu wie ein Reh, aber ich war mir die ganze Zeit sicher, daß tief in ihr ein beachtliches Temperament versteckt ist.« Manfred beugte sich vor und lächelte in Gedanken. »Damals hatte sie kurz zuvor eine Klosterschule in der französischen Schweiz verlassen, und sie war ziemlich durcheinander. Sie wußte nicht, was sie mit ihrem Leben anfangen sollte. Sie hatte keine Freunde. Und mir schien, als ob sie mit ihrer Mutter nicht gerade das beste Verhältnis hätte. Nun, ich riet ihr, die Welt zu sehen, ein Rat, den sie sich offenbar zu Herzen nahm. Elsa treibt sich seit dem letzten Winter in ganz Europa herum.«

»Eine kostspielige Art, sich selbst zu finden«, konstatierte Poiccart kühl. »Ich nehme an, der Herr Papa bezahlt diese extravagante Lebensart seiner Tochter.«

»Ich ließ mir sagen, daß Elsa eigenes Vermögen hat. Verteilt auf verschiedene Banken, hauptsächlich aber auf dem Konto einer Privatbank in Zürich. Von diesem Konto hat Elsa, zwei Tage nachdem sie in Monte Carlo den letzten Brief aufgegeben hat, 28000 Schweizer Franken abgehoben. Ebenfalls in Zürich hat sie einen Barscheck über 6000 Franken eingelöst, und zwar auf einer Züricher Kantonalbank. Insgesamt hat sie also 34000 Franken abgehoben, und natürlich ist das Geld mit ihr verschwunden.«

Manfred brach ab und lehnte sich zurück. Er blickte Leon an, der ein bißchen von seinem Tee trank.

»Irgendwelche Anhaltspunkte?« fragte Poiccart. »Den Mann ihres Lebens betreffend?«

Manfred schüttelte den Kopf. »Monarty hat mir den Brief am Telefon vorgelesen. Eine Kopie ist per Eilpost unterwegs und wird wahrscheinlich morgen hier eintreffen. Es steht nichts über den Mann in dem Brief. Entweder war Elsa die Sache selbst nicht ganz geheuer, oder sie fürchtete Einwände ihrer Familie.«

»Oder der Mann ihres Lebens hat Elsa gebeten, vorerst ihr Verhältnis zueinander geheimzuhalten«, sagte Leon. »Es könnte sein, daß wir es hier mit einem Heiratsschwindler zu tun haben, und zwar einem von der übelsten Sorte.

Drei Wochen sind eine lange Zeit, Manfred. Richard Monarty sollte sich auf alles gefaßt machen.«

»Am besten ist es, wenn du den Brief abwartest, bevor du nach Zürich fliegst«, schlug Poiccart vor. »Vielleicht steht doch mehr drin, als es den Anschein hat. Man überhört leicht etwas, was einem beim Durchlesen sofort auffällt. Und warum Zürich und nicht Monte Carlo? Wirst du über die Banken etwas erfahren können? Das ist unwahrscheinlich.«

»Ich fliege morgen nachmittag«, sagte Manfred nur. Er stand auf und ging zum Fenster. Es war Nacht draußen. Ein paar Autos fuhren langsam durch die Curzon Street. Von der Themse herauf krochen die ersten dünnen Nebelschleier durch die Häuserlücken. Im Haus auf der anderen Straßenseite zog Mrs. Tripplestick, eine ältere Dame und verwegene Bridgespielerin, die Vorhänge zu. Manfred dachte an den Urlaub in Grenoble zurück, an Elsa Monarty und wie enttäuscht sie an jenem Abend war, als er ihr sagte, daß er am nächsten Tag nach London zurückreisen würde.

Der Brief kam schon am nächsten Morgen per Eilboten. Manfred nahm ihn persönlich entgegen, gab dem Mann von der Post ein Trinkgeld und kam in das Eßzimmer, wo Poiccart und Gonsalez am Frühstückstisch saßen. Es roch im ganzen Haus nach frischem Brot und nach Kaffee, und eigentlich war es eine Regel im Haus des Silbernen Dreiecks, daß beim Frühstück keine Fälle erörtert wurden.

Wie mit allen Regeln, gab es natürlich auch hier Ausnahmen, und als Manfred mit dem Brief hereinkam, forderten ihn die neugierigen Blicke seiner Partner geradezu auf, ihn zu öffnen.

Manfred tat dies behutsam mit einem chinesischen Krummdolch, mit dem im Jahr zuvor ein kleiner Gauner namens Lew Leveson umgebracht worden war. Der Innenminister persönlich hatte dafür gesorgt, daß dieses kunstvoll gearbeitete Mordinstrument nicht in irgendeiner Schublade von Scotland Yard verstaubte, sondern in den Besitz von Leon Gonsalez überging, mit dem der Minister seit einiger Zeit befreundet war.

Im Umschlag steckte eine Notiz von Richard Monarty und ein Barscheck von sage und schreibe dreitausend Pfund.

»Lösen Sie bitte den Scheck ein. Das Geld soll Ihnen jederzeit zur freien Verfügung stehen, Mr. Manfred. Wir wissen ja nicht, wohin Sie die Spur führen wird, falls es eine solche überhaupt gibt. Bitte lassen Sie mich sofort wissen, wenn sich etwas ergibt. Sonst haben Sie absolut freie Hand. Und bitte, bedenken Sie, daß Geld keine Rolle spielt. Ich will meine Tochter zurück. Lebend!«

Der andere Brief war von Elsa Monarty an ihre Eltern, aufgegeben in Monte Carlo. Elsa berichtete darin, wo sie während der letzten Wochen überall gewesen war und daß sie schon seit bald zwei Monaten einen Mann kenne, für den sie sehr viel übrig hätte. Wörtlich schrieb sie in ihrer zierlichen Handschrift:

»Vater, frag mich bitte nicht, wer er ist! Glaube mir, daß ich in ihm ein Stück von Dir sehe, und zwar ein ganz besonderes. Du würdest überrascht sein, glaube mir. Ich hoffe, daß wir demnächst heiraten werden. Auf jeden Fall glaube ich, daß ich den Mann fürs Leben gefunden habe, ganz gleich, ob Ihr damit einverstanden seid oder nicht. Bitte, versucht nicht, herauszufinden, wer er ist. Einmal wenigstens solltet Ihr versuchen, mir zu vertrauen.«

Dann folgten ein paar Sätze, die an ihre Mutter gerichtet waren, Grüße an ihre Geschwister und noch einmal die Bitte um Vertrauen.

Elsa schloß mit dem Satz: »Ich liebe Euch alle!« Und neben ihrer Unterschrift hatte sie ein rundes, lachendes Gesicht hingemalt, etwas kindisch, wie Poiccart fand, aber irgendwie paßte es doch zu ihr.

»Es scheint nicht, als ob Elsa Monarty irgendwelche Befürchtungen gehegt hätte, als sie diesen Brief schrieb«, sagte Leon Gonsalez. »Im Gegenteil, sie schien glücklich und frohen Mutes gewesen zu sein.«

»Nicht den geringsten Anhaltspunkt, der den Mann ihres Lebens betreffen könnte«, sagte Manfred.

»Außer, daß sie in ihm ein Stück ihres Vaters entdeckt hat«, sagte Poiccart und bestrich sich ein frisches Brötchen mit Butter. »Und zwar ein ganz besonderes. Was sie wohl damit gemeint hat?«

Manfred faltete die beiden Briefe zusammen und tat sie in den Umschlag. Er wußte auch nicht, was Elsa damit gemeint haben könnte. Richard Monarty hatte viele Eigenschaften, um die man ihn hätte beneiden können!

Manfred rief den Flughafen an und buchte einen Flug für den Nachmittag.

2. Kapitel
Zürich ist kein Zirkus

George Manfred hatte eigentlich keine Ahnung, wo er in Zürich anfangen sollte, nach Elsa Monarty zu suchen. Noch im Flugzeug las er ihren Brief aus Monte Carlo zum dritten und vierten Mal durch, ohne darin etwas zu finden, was ihm hätte weiterhelfen können.

Es war Spätnachmittag, als die Maschine der Swissair Zürich-Kloten anflog. Zürich, die größte Stadt der Schweiz, funkelte und strahlte mit unzähligen Lichtern in der Dämmerung. Aus der Luft sah der Züricher See aus wie eine schwarze tiefe Öffnung, mit vielen kleinen Lichteransammlungen an den Rändern, dort, wo sich die Dörfer und Ansiedlungen befanden. Die Maschine flog einen weiten Bogen, neigte sich über den rechten Flügel, so daß durch die linken Fenster nur noch der Himmel zu sehen war, richtete sich wieder auf und flog in gerader Linie die Landepiste an. Positionslichter blinkten auf, blaue Pistenmarkierungen, dann kam die Maschine mit den Rädern auf, sanft, fast so, als wollte sie den harten Beton nicht berühren. Sie erzitterte mit einem dumpfen Dröhnen, bevor sie auf der Piste ausrollte.

Da Manfred fließend Deutsch sprach, hatte er keine Schwierigkeiten, sich in Zürich zu verständigen. Er nahm sich im Hotel Bellrive ein Zimmer und besuchte anschließend ein Restaurant am See, das für seine Fischgerichte berühmt war. Er entschied sich für Egli-Filet, trank dazu einen leichten französischen Wein und genoß diesen ersten Abend, als wäre es der Beginn eines Urlaubes. Später wanderte er durch die hellerleuchtete Bahnhofstraße, trank in verschiedenen Lokalen drei, vier Whiskys und einen zuviel. Kurz nach elf Uhr wurde er von zwei Stadtpolizisten um seinen Ausweis gebeten, als er zwischen den Schienen der Straßenbahn balancierte, als wäre dies eine ganz besonders akrobatische Leistung. Da er seinen Paß im Hotel gelassen hatte, versuchte er sein Glück mit einem alten Witz. Die pflichtbewußten Beamten waren jedoch nicht zum Scherzen aufgelegt.

»Sorry«, sagte der eine, ohne die Miene zu verziehen, »wir sind hier nicht im Zirkus!«

Sie nahmen Manfred mit ins Revier und ließen ihn in einer Zelle übernachten. Am nächsten Morgen begleitete ihn ein Beamter in Zivil ins Hotel. Dort lag in seinem Schlüsselfach eine Nachricht von Mr. Monarty, daß Manfred ihn in Paris anrufen sollte. Manfred zeigte dem Beamten in Zivil seinen Paß, und damit war alles wieder in Ordnung. Der Beamte riet ihm nur noch, das nächstemal bis nach Mitternacht zu warten, wenn er ungestört balancieren wollte. »Dann fährt nämlich die Tram nicht mehr«, sagte er auf englisch.

»Wie weit liegen denn die Schwellen überhaupt auseinander?« fragte Manfred, während er den Beamten zum Ausgang geleitete.

»Mehr als einen Meter«, gab dieser zurück. »Und Sie hatten gestern ziemliche Schwierigkeiten, ließ ich mir sagen. Auf fünfzig Metern sind Sie siebenmal gestolpert.«

Manfred lachte. »Zum Glück hat das Auffangnetz gehalten«, sagte er, und der Beamte sah ihn für einen Moment an, als hätte er nicht alle Tassen im Schrank.

Wieder zurück in seinem Zimmer, rief Manfred in Paris an. Richard Monarty meldete sich persönlich. Er wollte sich nur vergewissern, daß Manfred gut in Zürich angekommen war. Wahrscheinlich hoffte er auch, daß Manfred schon etwas wußte. Die Sorgen um Elsa quälten ihn. Er war kein Mann, der sich in einem solchen Fall Illusionen hingab, und doch wollte er nicht einmal daran denken, daß Elsa etwas Schlimmes zugestoßen sein könnte.

»Ich kann mir nicht vorstellen, daß sie sich noch in Zürich aufhält«, sagte er. »Vielleicht erinnert man sich in einem Reisebüro an sie oder an einem Schalter im Flughafen. Es könnte auch sein, daß sie ein Auto gekauft haben oder mit dem Zug nach Österreich gefahren sind. Bitte, versuchen Sie alles!«

»Keine Sorge, Sir. Ich bin sicher, daß sich irgend jemand hier an Elsa erinnern wird. Sie kann sich nicht in Luft aufgelöst haben, ganz gleich, wie sie Zürich verlassen hat.«

»Bringen Sie mir meine Tochter zurück«, sagte Richard Monarty noch einmal, bevor er auflegte.

In den beiden Banken, bei denen Elsa ein Konto hatte, erfuhr Manfred zwar nichts Neues, erhielt aber immerhin überhaupt Auskünfte. Er hatte da so seine Spezialtricks.

Elsa hatte ihr gesamtes Geld abgehoben und die Konten aufgelöst. Der Direktor der Privatbank, ein älterer Herr mit einem Gesicht, das Manfred an eine Eule erinnerte, meinte bedächtig, daß Elsa Monarty offenbar die Absicht gehabt hatte, einige Brücken hinter sich abzubrechen.

»Ich habe ihr gesagt, daß es unklug ist, ein Konto aufzulösen, das sie sich mit fünf Schweizer Franken erhalten kann, aber sie bestand darauf.«

»Hat sie den Eindruck gemacht, als wäre sie in Eile?« fragte Manfred.

Der Bankdirektor überlegte, wiegte den Kopf und nahm einen Zug aus seiner Pfeife. »Nein, eigentlich nicht«, sagte er dann, umhüllt von blauem Dunst. »Nein, sie war freundlich, und es schien, als hätte sie sich alles reiflich überlegt.«

»Und kein Wort über ihre Zukunftspläne?«

»Sie hat gesagt, daß sie heiraten wird. Das ist alles. Und dies schien sie sehr glücklich zu machen.«

»Ihren Mann, oder den Bräutigam, den haben Sie nie zu Gesicht bekommen?«

»Also, ich habe Fräulein Monarty hinausgeleitet, und da

sah ich ihn kurz auf der anderen Straßenseite, wo der Wagen geparkt war. Er öffnete zuerst die Fahrertür, und ich fürchtete schon, er würde einfach einsteigen, ohne Rücksicht auf seine Braut, aber dann kam er doch um den Wagen herum und hielt ihr die Tür auf, wie es sich für einen Gentleman gehört.«

»Haben Sie sein Gesicht gesehen?«

»Vielleicht ein oder zwei Sekunden. Aber ich könnte nicht sagen, daß ich wüßte, wie er aussieht. Schlank war er, das fiel mir auf. Und er trug einen modischen dunklen Anzug. Nadelstreifen, glaube ich.«

Manfred bat den Direktor, ihm zu zeigen, wo der Wagen geparkt gewesen war, übrigens ein italienischer Sportwagen der Marke Fiat.

»Ist Ihnen vielleicht sonst noch etwas aufgefallen, was von Bedeutung sein könnte?«

»Hm, eigentlich nicht. Das heißt, mir fiel auf, daß sie ihm um den Hals fiel, nachdem er ausgestiegen war. Es war ein schöner, warmer Vormittag, und ich ging nicht gleich in mein Büro zurück, nachdem ich mich von Elsa Monarty verabschiedet hatte. Ich sah, wie sie ihm um den Hals fiel und wie sie einstieg.«

»Gab sie ihm vielleicht etwas oder er ihr? Ein Geschenk? Für das sie sich mit einem Kuß bedankte?«

»Möglich ist das schon.« Der Direktor lächelte ein bißchen. »Vielleicht hat er ihr auch nur etwas Schönes ins Ohr geflüstert. Sie sind beide jung, nicht wahr, und verliebt.«

»Sie meinen, daß auch er noch ziemlich jung ist?«

»Nun, das müßte man doch eigentlich annehmen. Ich meine, Fräulein Monarty ist knapp zwanzig, wie aus meinen Unterlagen hervorgeht. Ich kann mir nicht vorstellen, daß sie einen älteren Herrn heiraten würde, obwohl dies natürlich doch recht oft geschieht.«

»Aber Sie können sein Alter nicht schätzen?«

»Nein. Dazu habe ich ihn nicht gut genug gesehen.«

»Haarfarbe?«

»Dunkel.«

»Schwarz?«

»Dunkel.« Der Direktor schüttelte den Kopf. »Das ist alles, Herr Manfred. Tut mir leid.«

»Sie haben mir vielleicht einen großen Schritt weitergeholfen«, sagte Manfred und bedankte sich bei dem Direktor für die Auskünfte. Dann verließ er die Bank, überquerte die Straße und blieb auf dem Platz stehen, wo nach Angaben des Bankdirektors der Fiat geparkt gewesen war. Aus den Augenwinkeln sah Manfred, wie er vom Bankdirektor beobachtet wurde, und er hob die Hand und winkte hinüber. Der Bankdirektor hob die Schultern zum Zeichen, daß er nicht verstehen konnte, warum Manfred sich für einen bestimmten Platz am Straßenrand, an dem vor drei Wochen ein ganz bestimmtes Auto geparkt worden war, so interessierte. Manfred aber hatte eine Idee, die ihn schon fast in Hochstimmung versetzte. Richtiges Jagdfieber packte ihn.

Zum erstenmal fiel es George Manfred auf, daß er beobachtet oder sogar verfolgt wurde, als er mit dem Taxi zur Fiat-Vertretung hinausfuhr, die sich am Stadtrand von Zürich befand.

Eigentlich merkte der Taxifahrer, daß ihnen ein anderes Taxi folgte. Zuerst knurrte er nur. Dann sagte er etwas auf Schweizerdeutsch, das Manfred beim besten Willen nicht verstehen konnte, weil es klang, als hätte der Mann nach dem Zähneputzen mit Spiegelscherben gegurgelt.

Manfred hütete sich davor, den Fahrer aufzufordern, das Gesagte noch einmal zu wiederholen. Es fiel ihm jedoch auf, daß der Mann trotz des regen Verkehrs öfters in den Rückspiegel blickte als geradeaus, und so schaute Manfred in Abständen einige Male über die Schulter. Was er jedesmal aufs neue zu sehen bekam, war eine schwarze

Mercedes-Limousine, die als Taxi gekennzeichnet war. Anscheinend war es genau diese Entdeckung, die auch den Fahrer beunruhigte, denn ohne daß ihn Manfred aufforderte, beschleunigte er plötzlich, wechselte blitzschnell die Fahrbahn und bog so schnell in eine Querstraße ein, daß die Reifen quietschten. Der Fahrer verlor beinahe die Herrschaft über sein Auto, raste haarscharf am Bürgersteig entlang und verfehlte einen Stand, an dem ein schnauzbärtiger Italiener heiße Kastanien verkaufte, um ein paar Millimeter. Manfred hörte den Italiener fluchen, sah Passanten wegspritzen, und noch lange danach roch es im Auto nach heißen Kastanien und verbranntem Gummi.

»Abgehängt«, sagte der Fahrer nach einer Weile trocken und grinste in den Rückspiegel. »Hab ich schon mal in 'nem Film gesehen. Aber da hat die Karre den Stand des Gemüsehändlers umgefahren und tausend Kohlköpfe rollten die Straße hinunter. Das war in New York oder so.«

»In New York ist alles möglich«, sagte Manfred und schaute kurz zurück. Tatsächlich war das Taxi nicht mehr hinter ihnen.

Der Fahrer nahm es von nun an gemütlich, machte wahrscheinlich ein paar Umwege, um die Fahrt ein bißchen zu verlängern. Dies machte sich dann beim Fahrpreis bemerkbar. Manfred bezahlte über zwölf Franken. Aber dies hier war nicht London. Dies hier war Zürich.

In der Fiat-Vertretung erinnerte man sich gut an Elsa Monarty. Ein geschäftstüchtiger Verkäufer hatte ihr den Fiat abgehandelt, und zwar so weit unter Preis, daß er zunächst fürchtete, Manfred wäre ein Bekannter Elsas und in der Absicht hergekommen, ihm die Ohren langzuziehen. Erleichtert atmete er auf, als ihm Manfred erklärte, daß er eigentlich ein Mann von Scotland Yard sei, was natürlich unverschämt gelogen war.

»Die junge Dame wollte den Wagen unbedingt verkaufen, und zwar am selben Tag«, versicherte der Verkäufer.

»Ich habe sie darauf aufmerksam gemacht, daß sie einen höheren Preis erzielen könnte, wenn sie den Wagen wenigstens waschen würde, aber das wollte sie nicht.«

»Sie war in Eile, nehme ich an.«

»Sehr in Eile«, pflichtete der Verkäufer bei.

»War sie allein?«

»Ja.«

»Und die Wagenpapiere waren auf sie allein ausgestellt?«

»Ja.«

»Wie ging sie von hier fort? Zu Fuß?«

»Zu Fuß. Ich habe ihr nachgesehen.« Der Verkäufer schmunzelte. »Falls Sie die Dame kennen, werden Sie mir zustimmen, daß sie von außergewöhnlich feiner Schönheit ist.«

Manfred lächelte schief. »Nett ausgedrückt«, sagte er kühl. »Wie lange haben Sie ihr nachgesehen?«

»Hm, ich kann mich noch genau erinnern. Sie ging dort, beim Restaurant Adler, über die Straße. Sie betrat die Telefonzelle dort drüben und rief jemanden an. Dann kam sie heraus und winkte ein Taxi herbei.«

»Ist Ihnen etwas an der Frau aufgefallen, was Besonderes, meine ich?«

»Nichts Besonderes. Sie trug einen wunderbaren Ring an der linken Hand. Der fiel mir auf, als sie den Vertrag unterschrieb. Diamanten. Fiel mir sofort auf, weil der Ring gar nicht zu ihrem sonst so einfachen jugendlichen Äußeren paßte.«

Manfred lächelte. Er wußte inzwischen längst, woher der Ring stammte, wieviel er gekostet hatte und wie er beschaffen war. Der Ring, so glaubte er, war vielleicht die deutlichste Spur, die er bis jetzt hatte. Außer dem Fiat. Der Verkäufer nannte Manfred bereitwillig den Namen des jetzigen Besitzers, ein Zahnarzt, der in der Innenstadt seine Praxis hatte.

Manfred wurde dort von einem hübschen blonden Mädchen empfangen, das sofort eine Patientenkarte ausstellen wollte. Es dauerte eine Weile, bis sie begriff, daß er Dr. Blaser nur sprechen wollte.

Dr. Blaser, ein schwergewichtiger Mann mit silbergrauen Schläfen und falschen Zähnen, wollte Manfreds Scotland Yard-Ausweis sehen. »Ich denke nicht im Traum daran, mein Auto von einem Fremden durchsuchen zu lassen«, sagte er entrüstet. Das Mädchen lächelte dümmlich, und Manfred ließ es sich nicht nehmen, ihnen beiden eine gefälschte Karte unter die Nase zu halten, die ihn als Kriminalinspektor Frederick George ausgab. Von dem Moment an bemühte sich Dr. Blaser persönlich um ihn, führte ihn hinunter in den Hinterhof und öffnete ihm sämtliche Türen und den Kofferraum.

Er trat jedesmal zurück und ließ Manfred in aller Ruhe überall nachschauen, und immer, wenn sich Manfred aufrichtete, fragte er: »Nichts?«

»Absolut nichts«, gab Manfred kopfschüttelnd zur Antwort, aber schließlich entdeckte er im Kofferraum etwas, das eigentlich überhaupt nicht in dieses feine Auto paßte, nämlich ein alter Vergaser, eingewickelt in eine Zeitung. Blaser erklärte ihm, daß der Vergaser ausgetauscht worden war, wahrscheinlich kurz bevor er das Auto gekauft hatte.

»Ist was mit dem Vergaser?« fragte er. »Man hat ihn mir überlassen, obwohl ich auch nicht weiß, was ich mit dem Ding anfangen soll.«

Manfred, der den Vergaser aus der Zeitung genommen hatte, inspizierte ihn und sagte im Brustton der Überzeugung: »Schrott!«, obwohl er eigentlich keine Ahnung von solchen Dingen hatte. Was ihn interessierte, war die Zeitung, die voller schwarzer und brauner Flecken war. Zu Manfreds Überraschung handelte es sich um eine Ausgabe des *London Daily Megaphon*, eine Zeitung, die ihm sehr gut bekannt war, weil sie daheim jeden Morgen vor seine Haustür gelegt wurde.

In einem Züricher Reisebüro traf Manfred am Spätnachmittag eine junge Dame, die sich an Elsa Monarty erinnerte; auch ihr war der Ring aufgefallen, den ihr Manfred genauestens beschrieb. In ihrer Kundenkartei fand die junge Dame alle Angaben, die Manfred brauchte, allerdings nicht unter dem Namen Monarty, sondern unter Mr. und Mrs. Harvey Johnson.

Es war noch nicht einmal ganz drei Wochen her, seit Mr. Harvey Johnson mit seiner Frau, bei der es sich unzweifelhaft um Elsa Monarty handelte, einen Flug nach London gebucht hatten. Bei der Swissair fand Manfred dann heraus, daß Mr. und Mrs. Johnson auch tatsächlich geflogen waren, und zwar an einem Mittwochnachmittag, Flug 424. Die Spur führte eindeutig nach London.

Manfred rief sofort zu Hause an. Poiccart hob ab. »Das Silberne Dreieck«, meldete er sich. »Poiccart am Apparat.«

»Raymond, ich bin morgen zurück in London«, sagte George ohne Umschweife. »Das heißt, ich hoffe, daß ich morgen zurück bin. Genau weiß ich das nicht, da ich nämlich seit heute früh verfolgt werde.«

Poiccart schnaufte ins Telefon. »Was ist?« fragte er. »Sag mal, könntest du dich vielleicht etwas deutlicher ausdrükken.«

»Ich telefoniere von einer öffentlichen Telefonzelle beim Züricher Hauptbahnhof. Auf der gegenüberliegenden Straßenseite ist ein Auto geparkt, das verdächtig dunkle Scheiben hat. Und heute morgen, als ich mein Hotel verließ, folgte ein Taxi meinem Taxi. Am Nachmittag, als ich einen Zahnarzt besuchte, fiel mir das gleiche Auto auf, das jetzt dort drüben steht.«

»Siehst du, wer drin ist?«

»Nein.«

»Einer oder zwei?«

»Eher zwei.«

»Hm. Warum gehst du nicht zur Polizei?«

»Und was soll ich der sagen? Daß ich zweimal an einem Tag das gleiche Auto gesehen habe?« Manfred lachte. »Hör mal, jemand sollte mich morgen mittag auf dem Flughafen abholen. Mein Flugzeug landet um elf Uhr neununddreißig.«

»Weißt du, wo sich Elsa Monarty befindet?«

»Nicht mehr in Zürich. Sie hat mit ihrem Mann fürs Leben einen Flug nach London gebucht und ist auch geflogen. Was immer inzwischen auch mit ihr geschehen ist – ich glaube, die Lösung des Rätsels ist in London zu finden.«

»Weißt du sonst nichts?«

»Genügt das nicht?« gab Manfred zurück. Er beobachtete, wie das Auto auf der anderen Straßenseite plötzlich langsam anfuhr und sich in den Verkehr einreihte. Poiccart sagte etwas, aber Manfred war derart damit beschäftigt, das Auto zu beobachten, daß er nicht hinhörte.

»Ich muß jetzt auflegen«, sagte er schnell. »Das Auto ist weggefahren.«

»Sei vorsichtig!« rief Poiccart in den Hörer. »Hörst du, sei vorsichtig. Wir wollen dich nicht in einem Bleisarg und per Luftfracht zurückkriegen!«

Manfred hatte noch Poiccarts Stimme im Ohr, als er schon längst aus der Telefonzelle heraus war, aber das Auto konnte er jetzt nicht mehr sehen.

3. Kapitel
Die seltsame Dame

George Manfred zog es vor, im Hotel zu essen. Anschließend nahm er ein Taxi, das ihn ins Stadtzentrum brachte. Es war ein kalter, feuchter Abend, und der Nebel, der vom See hoch durch die engen Straßen und Gassen kroch, war genauso dicht wie in London.

Es war nicht das erstemal, daß sich Manfred in Zürich befand, und so wollte er die Gelegenheit nicht verpassen, ein kleines Restaurant im Züricher Niederdorf aufzusuchen, einem Teil der Altstadt, die erst nach Hereinbruch der Dunkelheit wach wurde.

Noch war nichts los, als Manfred das Taxi verließ. Die Uhr des Züricher Münsters schlug neunmal. Irgendwo im Nebel wurde eine Tür hart zugeschlagen, und eine Frau lachte schrill.

Der Taxifahrer hatte Manfred erklärt, wie er zu dem kleinen Lokal gelangen konnte, das sich in einer der Gassen befand, die so schmal waren, daß man sie für Autos gesperrt hatte. Am Anfang der Gasse brannte eine Laterne. Unter ihr glänzte das Kopfsteinpflaster naß. Ein Betrunkener hockte gegen einen Hydranten gelehnt am Boden und lallte eine Melodie in den Kragen seines Mantels hinein. Sonst war niemand in der Nähe, und die Nebelschleier krochen an den alten Hauswänden entlang durch die Gassen wie eine Prozession von geisterhaften Gestalten. Manfred schlug den Kragen seines Mantels hoch. Vielleicht war es doch nicht die beste Idee gewesen, das Hotel noch einmal zu verlassen. Er dachte unwillkürlich an das Auto, das er zum letztenmal gesehen hatte, als er mit Poiccart telefonierte. Hatte er vielleicht nur nicht gut genug aufgepaßt?

Wurde er noch immer verfolgt? Oder zumindest beobachtet? Manfred blickte sich nach allen Seiten um, konnte aber nichts entdecken, was ihn hätte beunruhigen können. Trotzdem fühlte er sich unsicher. Irgend etwas stimmte nicht. Irgend etwas löste in seinem Innern einen Alarm aus . . .

Manfred steckte beide Hände in die Außentaschen seines Mantels. Er trug keine Waffe bei sich. Irgendwie fühlte er sich plötzlich sehr einsam in dieser Stadt.

Er ging langsam die Gasse hinunter. Die Dunkelheit nahm ihn auf. Nach einigen Schritten blieb er stehen. Hatte er nicht ein Geräusch gehört? Ein leises, schabendes Geräusch. Eine Katze vielleicht? Oder ein Straßenköter? Manfred ging weiter. Vor ihm im Nebel tauchte ein rotes Licht auf. Eine Laterne, die über dem Eingang eines Etablissements hing, in dem er nichts verloren hatte. Er hörte Stimmen durch die Tür dringen. Jemand spielte eine Harmonika. Manfred blieb erneut stehen. Er blickte zurück. Hinter ihm wallte der Nebel. Weiter als dreißig Schritte konnte er nicht sehen. Er überlegte sich, ob er in das Etablissement flüchten sollte, entschied sich aber dann, weiterzugehen.

Er kam bis zu einer Häuserlücke, die sich rechts vor ihm auftat. Dort taumelte ein Betrunkener aus dem Nebel heraus und fragte ihn lallend nach einer Zigarette. Manfred merkte sofort, daß etwas nicht stimmte. Der Atem des Mannes roch nach allem möglichen, nur nicht nach Alkohol. Um den Mann abzulenken, tat Manfred, als wollte er in die Innentasche seines Mantels greifen und Zigaretten herausholen. Aber der Trick taugte nichts. Als er sich blitzschnell umdrehen und davonlaufen wollte, stieß ihm der Mann sein Knie in den Unterleib. Manfred sackte zusammen, als hätte ihn ein Dampfhammer getroffen. Noch bevor er am Boden aufschlagen konnte, wurde er von hinten gepackt und hochgezerrt.

»Wenn du vernünftig bist, Mister, passiert dir nichts!«

sagte eine Männerstimme, die Manfred frösteln ließ. »Wir wissen, wer du bist und woher du kommst, Mister. Jetzt brauchst du uns nur noch zu sagen, was du hier in Zürich alles herausgefunden hast!«

Der Mann sprach Englisch mit leicht französischem Akzent, über den sich wahrscheinlich Poiccart hätte freuen können. Manfred aber fühlte sich im Moment so schlecht wie selten zuvor in seinem bewegten Leben. Er hatte das Gefühl, sich übergeben zu müssen, aber obwohl er würgte, kam nichts.

Der Mann, der ihn gepackt hatte, schleifte ihn in die Häuserlücke. Der andere folgte ihnen, und jetzt torkelte er nicht mehr. An einer Stelle, wo es stockdunkel war und nach fauligen Abfällen roch, stellten sie Manfred so gegen eine Hausmauer, daß er nicht umfallen konnte. Der, der ihn gehalten hatte, stellte die Fragen:

»Was hast du herausgefunden?«

Manfred schluckte. »Daß Zürich ein heißes Pflaster ist«, sagte er gepreßt.

»Netter Scherz«, sagte der Mann, der den Betrunkenen gemimt hatte. »Aber wir sind hier nicht im Zirkus, verstehst du?«

Es war schon das zweitemal, daß sich jemand genötigt fühlte, ihn darauf aufmerksam zu machen. Nein, dies hier war tatsächlich kein Zirkus, und was immer die beiden mit ihm vorhatten – es konnte nichts Gutes sein.

Derjenige, der die Fragen stellte, riß ein Streichholz an und hielt es so, daß Manfred eine Hand sehen konnte, die sich ihm langsam näherte. Der blanke Stahl eines Messers reflektierte den Lichtschein der kleinen Flamme. Die Hand steckte in einem schwarzen Handschuh, und für eine Sekunde konnte Manfred in der Finsternis auch einen hellen Schimmer sehen, ein Gesicht, das so knochig und blaß war wie eine Totenmaske.

Der Mann, der die Fragen stellte, blies das Streichholz aus.

»Also?« fragte er. »Noch einmal, was hast du hier in Zürich herausgefunden?«

»Weniger, als ich gehofft hatte«, log Manfred.

»Und trotzdem fliegst du schon morgen wieder zurück nach London?«

»Ihr seid ausgezeichnet informiert«, erwiderte Manfred mit leisem Spott in der Stimme. »Wer hat euch hinter mir her geschickt? Die Polizei?«

»Wir sind es, die Fragen stellen«, gab der Mann kalt zur Antwort. »Und glaube mir, mein Partner ist gern bereit, dich in aller Stille umzulegen.«

»Und wer garantiert mir, daß ich am Leben bleibe, wenn ich euch sage, was ich weiß?«

»Mein Wort muß dir genügen.«

»Feine Garantie«, gab Manfred zurück, aber im nächsten Moment spürte er den kalten Stahl der Messerklinge unter dem linken Ohr am Hals. Er zuckte kaum merklich zusammen.

»Es geht nicht um dein Leben, Mister. Das ist uns nicht viel wert. Es geht um Elsa Monartys Leben. Sag uns also lieber, was du hier erfahren hast!«

»Elsa ist nicht mehr in Zürich.«

»Das wissen wir. Mach weiter!«

»Sie ist nach London geflogen. Vor zweieinhalb Wochen.«

Manfred brach ab, aber der Druck der Messerklinge an seinem Hals wurde sofort stärker.

»Weiter!« forderte ihn die Stimme hart auf. »Flugnummer? Fluggesellschaft? Und so weiter!«

Manfred sah ein, daß es keinen Sinn hatte, Katz und Maus zu spielen. Er hatte es mit ausgekochten Profis zu tun und nicht mit Anfängern. Warum sie allerdings nicht schon selbst herausgefunden hatten, was er in diesen Tagen hier in Zürich erfahren hatte, wußte er nicht. Er gab ihnen die Flugnummer an, die Fluggesellschaft und das Datum. Den Namen Johnson wollte er ihnen erst verschweigen, aber dann fragte ihn der Mann direkt danach.

»Sie ist mit einem Mann zusammen, nicht wahr?«

»Richtig«, sagte Manfred.

»Name?«

»Johnson. Harvey Johnson.«

»Engländer?«

»Das weiß ich nicht.«

»Bestimmt?«

»Ich weiß nichts über den Mann. Aber sie sind zusammen geflogen, und ich nehme an, daß sie sich beide in London oder irgendwo in Großbritannien aufhalten. Das ist alles, meine Herren. Ihr kriegt nicht mehr aus mir raus, auch wenn ihr mich durch eine Mostpresse drückt.«

Der Mann, der ihm die Fragen gestellt hatte, gab keine Antwort. Für einige Sekunden verharrte die Messerklinge an seinem Hals, dann wich sie von ihm. Obwohl Manfred nicht das leiseste Geräusch hören konnte, spürte er, wie sich die beiden Männer von ihm entfernten. Die Gefahr, in der er sich eben noch befunden hatte, war plötzlich nicht mehr da. Ruhe breitete sich in seinem Innern aus. Er rückte seinen Mantel zurecht und schob die Hände in die Taschen. Langsam ging er zur Gasse zurück. Ein Mann und eine Frau gingen vorbei, eng umschlungen. Manfred hörte sie lachen. Weiter unten, im Licht einer Laterne, bemerkte er plötzlich das Schild, das ihm von seinem letzten Besuch her in Erinnerung geblieben war. »Zum Goldenen Engel« stand dort in Goldbuchstaben zwischen schmiedeeisernen Verzierungen. Durch kleine, bunte Fenster drang schwacher Lichtschein auf die Gasse heraus. Manfred öffnete die Tür und trat ein. Wärme umfing ihn. Der kleine Tisch, an dem er das letztemal gesessen hatte, war besetzt. Eine Dame, die offenbar alleine war, saß dort und hatte ein Glas Rotwein vor sich.

Sie blickte nicht auf, als Manfred eintrat. Trotzdem

konnte er sehen, daß es sich um eine attraktive schwarzhaarige Dame handelte, die ihrem Aussehen und ihren eleganten Kleidern nach gar nicht hierher paßte.

Manfred setzte sich an einen anderen Tisch in der Nähe des grünen Kachelofens. Er bestellte bei einer Serviererin ein Fläschchen Pinot Noir aus dem Kanton Wallis. Aus den Augenwinkeln beobachtete er verstohlen die Dame, die ihr Glas leer trank und sich erhob. Der Wirt persönlich beeilte sich, ihr beim Anziehen eines Pelzmantels behilflich zu sein. Er öffnete der Dame die Tür und verabschiedete sich von ihr, als wäre sie eine Königin.

Als der Wirt zurückkam, winkte ihn Manfred heran.

»Die Dame, die Sie eben hinausgeleiteten, kam mir bekannt vor«, sagte er. »Könnte es sein, daß es sich um eine berühmte Theaterschauspielerin handelt, die schon in London auf der Bühne stand?«

Der Wirt hob die Schultern. »Sie war ganz bestimmt was Besonderes«, sagte er. »Ich dachte erst, sie hätte sich verirrt oder so.«

»Dann haben Sie sie nicht zufällig nach ihrem Namen gefragt?«

»Natürlich nicht. Ich frage Gäste grundsätzlich nie nach ihrem Namen.« Der Wirt ließ Manfred mit seinem Wein allein und setzte sich an einen Tisch, wo er mit drei anderen dabei gewesen war, Karten zu spielen.

In der Nacht fing es an zu regnen, und der Flug am nächsten Tag begann in einem mittelschweren Herbststurm.

Manfred saß zweiter Klasse, und er wunderte sich nicht schlecht, als jene Dame den Mittelgang zwischen den Sitzreihen entlangkam, die er in der Nacht zuvor im »Goldenen Engel« gesehen hatte.

Sie war einer der letzten Passagiere, die dem Flugzeug zustiegen. Als Handgepäck hatte sie einen kleinen Koffer aus Alligatorleder. Sie trug den gleichen Pelzmantel wie am Abend zuvor, einen dunklen Nerz mit breitem Kragen. Auf dem Kopf hatte sie einen Hut, der mit einem Strauß bunter Vogelfedern versehen war. Die Frau war noch jung, vielleicht fünfundzwanzig, schlank und ziemlich groß. Ihr schmales Gesicht war von der Sonne tief gebräunt, und sie hatte die blauesten Augen, die Manfred je gesehen hatte.

Manfred hätte geschworen, daß sie aus einem fernen Land im Süden kam, vielleicht aus Portugal oder Spanien, vielleicht sogar aus Übersee.

Daß sie sich dafür entschied, direkt neben ihm Platz zu nehmen, war im geradezu ungeheuer, denn das halbe Flugzeug war leer. Manfred erhob sich von seinem Sitz, wie es sich für einen Gentleman gehörte, und bot ihr den Fensterplatz an, obwohl draußen außer Nebel und Regen nichts zu sehen war.

»Darf ich Ihnen aus dem Mantel helfen, Madam?« fragte er, und sie lächelte flüchtig, während sie ihm den Rücken zudrehte.

Er half ihr, den Nerz auszuziehen, legte ihn sorgfältig in die Gepäckablage über dem Fenster und wartete geduldig, bis die Frau Platz genommen hatte. Dann setzte er sich ebenfalls.

»Ich nehme an, es ist kein Zufall, daß wir uns gestern im ›Goldenen Engel‹ begegnet sind und uns heute im Flugzeug wiedertreffen, Gnädigste«, sagte Manfred, ohne sie anzusehen.

Sie war noch immer dabei, ihren kleinen Koffer unter dem vorderen Sitz zu verstauen, und gab ihm vielleicht deswegen keine Antwort. Eine Stewardeß kam den Mittelgang entlang und wies die Passagiere an, den Sicherheitsgurt anzuschnallen und das Rauchen einzustellen.

Im Bordlautsprecher meldete sich die Stimme des Piloten:

»Guten Morgen, meine Damen und Herren. Hier spricht Flugkapitän Paul Hofer. Willkommen an Bord. Wir werden jetzt Starterlaubnis kriegen und in weniger als zehn Minuten von Zürich-Kloten abheben. Die Witterungsverhältnisse sind nicht besonders gut, und wir werden über dem Kanal mit rauhem Wetter rechnen müssen. Bitte bleiben Sie zu Ihrer eigenen Sicherheit während des ganzen Fluges angeschnallt. Danke.«

»Nicht gerade einladende Voraussetzungen für einen Flug«, sagte Manfred und zog den Gurt etwas enger. Die Frau neben ihm schnallte sich an. Sie hatte eine Modezeitschrift auf den Knien liegen und begann, darin herumzublättern. Manchmal benutzte sie zum Lesen ein zierliches Lorgnon, dessen Rahmen offenbar vergoldet war.

Da die Frau nicht die geringste Absicht zeigte, sich mit ihm zu unterhalten, gab Manfred vorläufig seine Versuche auf. Er lächelte einer älteren Dame in der gegenüberliegenden Sitzreihe zu, und die Dame lächelte zurück, wobei sie ihm ein paar ziemlich gelbe Zähne zeigte.

Die Maschine rollte auf die Startbahn hinaus, und schon der Abflug wurde zu einer nervenkitzelnden Angelegenheit. Es schien, als ob das Flugzeug einfach nicht vom Boden wegkäme. Zweimal hintereinander prallte es auf den nassen Beton auf, bevor es endgültig abhob und langsam Höhe gewann.

Manfred machte sich auf einen unangenehmen Flug gefaßt, als die ersten Windböen das Flugzeug durchschüttelten. Er lehnte sich im Sitz zurück, und die Frau in der gegenüberliegenden Reihe lächelte erneut herüber, so mütterlich und verständnisvoll, daß es Manfred ganz warm ums Herz wurde.

»Falls es schlimm wird, in der Tasche des Vordersitzes steckt eine Tüte«, sagte sie freundlich, und Manfred lächelte säuerlich. Die Dame neben ihm drehte den Kopf, hob ihr Lorgnon vor die Augen und musterte ihn interessiert. »Sie sehen tatsächlich schlecht aus, Mister Manfred«, stellte sie kühl fest. »Ganz grün um die Nase.«

Manfred hob die Brauen. »Ich wußte doch, daß dies alles kein Zufall ist«, sagte er. »Und machen Sie sich um meine Gesundheit nur keine Sorgen, Gnädigste. Wir sitzen schließlich alle im gleichen Flugzeug, nicht wahr?«

Kaum hatte Manfred ausgesprochen, sackte die Maschine durch, und in einer der hinteren Reihen sagte eine Frauenstimme: »Lieber Gott, steh uns bei . . .«

Manfred sah mit Genugtuung, daß die Dame neben ihm vor Schreck leichenblaß wurde, während die Frau in der gegenüberliegenden Sitzreihe lächelte, als wäre sie auf einer Freifahrt direkt in den Himmel.

Die Stimme des Piloten klang durch den Lautsprecher:

»Bleiben Sie bitte angeschnallt auf Ihren Sitzen, meine Damen und Herren. Wir haben es mit den Ausläufern eines Nordsee-Sturmes zu tun, der zur Zeit ostwärts über Deutschland hinwegzieht. Ich werde versuchen, dem Sturm durch eine Kursänderung auszuweichen.«

»Glauben Sie, daß wir in London werden landen können?« fragte die junge Dame neben Manfred, und ihrer Stimme fehlte jetzt der fast etwas hochnäsige Tonfall von vorher.

»Das kommt wohl darauf an, über welches Gebiet sich dieser Sturm ausdehnt, Gnädigste.«

»Kathleen Zieling ist mein Name«, sagte die Dame so, als ob Manfred der Name hätte bekannt sein müssen.

»Erfreut«, sagte Manfred lächelnd. »Theater oder Film?«

Sie lächelte auch, aber nur kurz. »Man kennt mich besser unter dem Namen Claro May, Mr. Manfred.«

Jetzt konnte Manfred nicht verbergen, daß sie ihn aufs höchste überrascht hatte.

Claro May! Manfred konnte es nicht glauben. Er starrte die Frau von der Seite an. Nicht einmal im Traum hätte er gedacht, daß es sich bei Claro May um eine derart junge und hübsche Frau handelte. Die wenigen Bilder, die von ihr in den Zeitungen abgedruckt worden waren, hatten sie nie so dargestellt, wie sie tatsächlich war. Aber das lag vielleicht an ihrem unglaublichen Talent, sich zu verwandeln. Im Moment wußte Manfred nicht mehr, in wie vielen Ländern Claro May gesucht wurde, aber er war sicher, daß sich auch Scotland Yard für sie interessierte.

Sie lächelte, als hätte sie seine Gedanken erraten. »Erinnern Sie sich an die Perlenkette, die vor zwei Monaten in London verschwunden ist?« fragte sie ihn. »Die Kette von Lady Morain?«

»Ja, natürlich. Waren Sie das?«

Ein Lächeln huschte über ihr Gesicht. »Die Kette war gestohlen, Mr. Manfred. Sie hat einer Dame in Paris gehört, bevor sie an Lady Morain überging. Ich habe sie zurückgeholt und der legitimen Besitzerin übergebracht.«

»Die Zeitungen schrieben von einem Bandenstreich«, sagte Manfred grinsend. »Aber ich erinnere mich, daß Leon sogleich auf Sie getippt hat. Er kennt Sie ja persönlich, nicht wahr?«

»Ich hatte die Ehre, Mr. Gonsalez' Bekanntschaft zu machen«, bestätigte sie. »Ein äußerst scharfsinniger Mann. Trotzdem wäre er in Paris beinahe der Fouret-Bande zum Opfer gefallen.«

»Wenn Sie ihm nicht geholfen hätten.«

»Er hat Ihnen davon erzählt?«

»Leon war von Ihnen sehr beeindruckt, Miß . . .« Manfred brach ab und beugte sich zu ihr hinüber. »Wie soll ich Sie denn nennen, Gnädigste?« fuhr er leise fort.

»Velasquez. Miß Velasquez. Sehen Sie, ich habe mir alle Mühe gegeben, ein herrliches Urlaubs-Make-up aufzutragen.«

»Ich nehme an, Sie haben einen Paß, der zu Ihrem exotischen Äußeren paßt.«

»Selbstverständlich«, raunte sie und lächelte. Ihr Blick war jetzt nicht mehr arrogant, zeigte aber auch keinerlei Unruhe. Anscheinend war sie sicher, daß ihr von Manfred keine Gefahr drohte, obwohl sie ja wußte, daß er dem »Silbernen Dreieck« angehörte.

»Spanien?« fragte er.

Sie schüttelte den Kopf. »Brasilien.«

»Wunderbar. Und jetzt würde ich gerne wissen, wer die beiden Strolche waren, die mir gestern nacht in der Züricher Altstadt aufgelauert haben.«

»Pierre und Walter. Zwei meiner zuverlässigsten Freunde. Wir arbeiten ab und zu zusammen. Pierre ist ein Westschweizer, der fünf Sprachen perfekt beherrscht, und Walter ist Rumäne deutscher Abstammung. Ich hoffe, die beiden haben Ihnen nicht zu übel mitgespielt. Ich wollte eigentlich nur wissen, was Sie in Zürich über Elsa Monarty herausgefunden haben.«

Manfred kniff die Augen zusammen. Sein Blick wurde forschend. »Was haben Sie mit Elsa Monarty zu tun, Miß Velasquez?« fragte er. »Ich glaube, Sie sind mir eine Erklärung schuldig.«

»Sagt Ihnen der Name Lexfield etwas?«

»Lexfield?« Manfred zog die Stirn in Falten. »Ich glaube, ich habe den Namen schon verschiedentlich gehört, kann ihn im Moment aber nicht unterbringen.«

»Gary Lexfield. Das ist der Mann, mit dem sich Elsa Monarty eingelassen hat. Bis vorgestern hatte ich noch keine Ahnung von seiner Existenz. Ein Freund, den ich in Monte Carlo ausschickte, um Erkundigungen nach Elsa einzuholen, stieß auf den Namen. Gary Lexfield ist nicht unbekannt in Monte Carlo. Er treibt sich im Casino herum, und niemand weiß, wer er wirklich ist. Mein Informant sagte mir, daß man ihn überall mit Vorsicht genießt. Er verließ Monte Carlo angeblich um die gleiche Zeit, als Elsa Monarty die Hotelrechnung im Riviera bezahlte und auszog. Seither fehlte jede Spur von ihm. Ich bin absolut sicher, daß es sich bei Lexfield um einen Heiratsschwindler handelt, der mit Elsa leichtes Spiel hatte. Elsa ist ja wohl ziemlich unerfahren.«

»Kennen Sie Elsa?« fragte Manfred, als Claro May alias Miß Velasquez mit ihren Erklärungen fertig war.

»Nicht sehr gut. Ich kenne ihren Vater. Ein interessanter Mensch, den ich sehr bewundere. Ich habe einige Male versucht, seine Geschäftspraktiken nachzuahmen, teilweise mit bestem Erfolg.«

»Hat er Sie mit dem Auftrag losgeschickt, Elsa aufzustöbern?«

»Er hat mich angerufen. Das war vor vierzehn Tagen, kurz nachdem er den Brief von Elsa erhielt. Er bat mich, herauszufinden, wer der Mann war, mit dem sich Elsa eingelassen hatte. Völlig diskret natürlich. Ich war damals in Marseille, und so fuhr ich nach Monte Carlo. Dort gelang es mir nicht, irgend etwas über den Mann herauszufinden. Aber dann berichtete mir Richard Monarty, daß Elsa in Zürich größere Summen von ihren Konten abgehoben hat. Ich überließ es einem Freund, in Monte Carlo weiter nach Anhaltspunkten zu suchen, und flog sofort nach Zürich. Auch hier kam ich jedoch nicht weiter.«

Manfred hob die Brauen, sagte aber nichts.

»Nun, ich gebe gern zu, daß ich die Sache vielleicht falsch angefangen habe. Aber es gehört nun einmal nicht zu meinen Qualitäten, Verschollene aufzuspüren wie ein Lawinenhund. Das ist eine Sache für Leute wie Sie, Mr. Manfred. Das ist eine Sache für Spezialisten.«

Manfred grinste. »Ich will Ihnen gerne recht geben, Madam«, sagte er. »Und doch scheint es, daß Sie ganz gut vorangekommen sind, wenn man bedenkt, daß Ihnen der richtige Name des Mannes bekannt ist. Ich selbst bin hier nur auf Mr. und Mrs. Johnson gestoßen und auf eine Flugkarte nach London.«

»Gute Arbeit, Mr. Manfred«, sagte sie anerkennend. »Pierre und Walter haben mir alles berichtet. Sie sagten mir auch, daß Sie ein ziemlich zäher Bursche sind, nicht leicht einzuschüchtern.«

»Glauben Sie nur nicht, daß mich Walters Messer nicht beeindruckt hat«, brummte Manfred. »Warum haben Sie mich nicht einfach persönlich um Rat gefragt? Sie wußten doch, wer ich war.«

»Das erfuhr ich erst gestern abend. Ich rief Richard an, und er erklärte mir, daß er Sie um Hilfe gebeten hat. Ich wollte Pierre und Walter aber den Spaß nicht verderben, da sie deswegen extra nach Zürich gekommen sind. Normalerweise verbringen sie einen recht langweiligen Alltag in Marseille, wo sie in meinem Büro arbeiten.«

Manfred seufzte. Er hatte es hier tatsächlich mit der internationalen Verbrecherwelt zu tun, und wenn er geglaubt hatte, daß er mit allen Wassern gewaschen war, dann wurde ihm jetzt klar, wie wenig er eigentlich wußte.

Im Bordlautsprecher ertönte die Stimme des Flugkapitäns. »Ladies und Gentlemen, wir befinden uns über dem Kanal. Man hat mir soeben gemeldet, daß der Londoner Flughafen wegen dichtem Nebel für den gesamten Flugverkehr gesperrt ist. Wir werden in Lympne landen. Dort sind für die Passagiere Autos bereitgestellt . . .«

»Außerordentlich günstig für Sie«, sagte Manfred. »In Lympne ist das Kontrollsystem noch nicht auf den neuesten Stand gebracht. Paßkontrollen werden nur sporadisch durchgeführt. Sie werden also wahrscheinlich ungehindert englisches Hoheitsgebiet betreten können, Madam.«

»Genau so, als hätte Mr. Richard Monarty dies alles geplant«, lächelte sie. Die Stewardeß kam den Mittelgang entlang und überprüfte mit schnellem Blick die Sicherheitsgurte und die Sitzlehnen, die hochgestellt werden mußten. Wenige Minuten später landete die Maschine überraschend sanft und rollte im Nebel aus.

»Geschafft«, sagte die Frau in der gegenüberliegenden Sitzreihe und öffnete die Schnalle des Sicherheitsgurtes. »Sehen Sie, junger Mann, auf den Allmächtigen ist immer Verlaß.«

Manfred half Claro May beim Aussteigen. Es war kühler hier in England, aber es regnete nicht. Im Flughafengebäude bei der Gepäckausgabe verabschiedete sich Manfred von der Dame aus Brasilien.

»Sollten Sie irgendwelche Unannehmlichkeiten haben, würde ich mich freuen, wenn Sie mich anriefen. Hier ist meine Karte.«

Sie nahm sie nachlässig und steckte sie in ihren Mantel, ohne einen Blick darauf zu werfen. »Ich werde mich melden«, versprach sie, drehte sich um und gelangte ohne Schwierigkeiten durch die Paßkontrolle. Manfred folgte ihr. Der junge Zollbeamte ließ ihn nicht einfach durch. Er inspizierte Manfreds Paß eingehend, rief seinen Vorgesetzten und redete einige Minuten flüsternd mit ihm. Dann drehte er sich wieder Manfred zu. »Sie werden erwartet, Sir«, sagte er. »Bitte gehen Sie sofort zum Schalter der Swissair!«

Das klang, als ob etwas passiert wäre, und Manfred beeilte sich. Aber anstatt daß Poiccart dort war oder Leon, entdeckte er Philander Dearborn, in seinem zerknitterten Übergangsmantel auf einer Holzbank sitzend. Er hatte offenbar Schwierigkeiten mit seiner Nase, die dick angeschwollen und gerötet war. Außerdem tränten seine Augen. Als er Manfred bemerkte, erhob er sich.

»Ah, da sind Sie ja«, sagte er verschnupft und hakte sich bei Manfred ein, als wären sie alte Freunde.

4. Kapitel
Snake-Eye schaltet sich ein

Vor dem Flughafengebäude herrschte ein Verkehrschaos, da die meisten Passagiere nach London gefahren werden mußten. Taxis, Privatfahrzeuge und Autobusse gerieten einander in die Quere. Reisemüde Passagiere stritten sich ungeduldig um Sitzplätze und Autos. Überall herrschte Unruhe, und es war ein Wunder, daß es nicht zu handgreiflichen Auseinandersetzungen kam. Manfred hatte so etwas in England noch nie erlebt. Das Durcheinander erinnerte ihn vielmehr an die Zeit, die er mit seinen Partnern in Marokko verbracht hatte. Dort gab es keinerlei Disziplin, und die Menschen benahmen sich oft schlimmer als eine Hammelherde.

Der Dienstwagen, ein fast neuer Wolseley, war direkt neben dem Eingang geparkt, und zwar im Parkverbot. Und dort stand auch in einer Menschenmenge die Dame aus Brasilien. Sie schien dem Chaos ziemlich hilflos ausgeliefert zu sein, aber als sie Manfred sah, blitzten ihre dunklen Augen zornig auf.

Philander Dearborn fiel die Dame natürlich auf. Er schnappte hörbar nach Luft, packte Manfred am Mantelärmel und zog ihn so hart herum, daß der oberste Mantelknopf absprang. »Ein wundervolles Geschöpf«, sagte er schwärmerisch. »Sagen Sie, Manfred, war die Dame vielleicht im gleichen Flugzeug?«

»Wir saßen nebeneinander«, erwiderte Manfred nicht gerade freundlich, während er am Boden nach dem Knopf suchte.

»Dann kennen Sie sie ja.« Dearborn ließ Manfreds Mantel los und winkte der Frau im Gedränge zu. »Hallo! Hier,

Madam! Wenn es Ihnen genehm ist, steht mein Dienstwagen zu Ihrer Verfügung.«

Manfred richtete sich jäh auf, und zu seinem Entsetzen bahnte sich Inspektor Dearborn mit geradezu unverschämter Rücksichtslosigkeit einen Weg durch die Menge, schubste Leute einfach auf die Seite und stand schließlich Claro May gegenüber, die ihn verwundert ansah.

Dearborn machte eine Verbeugung, um die ihn ein spanischer Edelmann beneidet hätte, stellte sich vor und bot Claro May seine Dienste an.

»Mein Freund, Mr. Manfred, sagte mir, daß Sie auf dem Flug hierher mit ihm bekannt geworden sind, Miß . . .«

»Velasquez«, sagte Claro May.

»Madam, es wäre mir eine besondere Ehre, Sie nach London zu fahren«, beeilte sich Dearborn zu sagen. »Sagen Sie mir nur, wohin ich Sie bringen darf.«

»Ich werde im Ambassador erwartet, mein lieber Inspektor«, sagte Claro May mit leicht portugiesischem Akzent, und zur Überraschung von Manfred ließ sie den Inspektor glatt ihre Koffer tragen. Manfred, der seinen Mantelknopf gefunden hatte, traute seinen Augen und Ohren nicht, als Dearborn herankam und mit hochrotem Kopf »Vorsicht, Leute! Vorsicht!« rief, als wäre er ein professioneller Gepäckträger.

»Machen Sie mal den Kofferraum auf«, befahl er Manfred, als er beim Dienstwagen ankam. »Die Schlüssel stekken in meiner linken Manteltasche.«

Manfred warf Claro May einen Blick zu, aber ihr hübsches Gesicht war ohne Ausdruck und ihre Augen wieder voller Hochmut. Er griff in Dearborns Manteltasche, kriegte ein Fläschchen Nasentropfen zu fassen, dann die Wagenschlüssel. Er öffnete den Kofferraum, und der Inspektor wuchtete schwungvoll die beiden schweren Koffer hinein.

»Wie konnten Sie mir nur verschweigen, daß hier ein solch netter Freund auf Sie wartet, Mr. Manfred«, sagte

Claro May, als sich Philander Dearborn aufrichtete und genauso schwungvoll, wie er mit dem Gepäck umgegangen war, den Kofferraumdeckel zuschlug.

»Ich hatte keine Ahnung, daß mich Scotland Yard hier erwartet, Miß Velasquez«, gab Manfred zur Antwort und wollte ihr die Hintertür aufhalten. Aber Dearborn trat beflissen dazwischen und half der Dame aus Brasilien beim Einsteigen. Nachdem er die Tür zugemacht hatte, wandte er sich kurz Manfred zu.

»Eine wunderbare Begegnung«, raunte er. »Wissen Sie vielleicht, woher Miß Velasquez kommt und aus welchem Grund sie sich hier in London aufhalten wird?«

»Keine Ahnung, Dearborn«, sagte Manfred und konnte ein unverschämtes Grinsen nicht verhindern. »Aber ich bin sicher, daß sie gerne bereit ist, Ihnen ihr entflammtes Herz auszuschütten.«

»Sie meinen, daß sie . . .?« Dearborn sprach nicht weiter. Seine strahlenden Augen jedoch verrieten Manfred mehr als Worte.

Seine beiden Freunde konnten es nicht glauben. Selbst Poiccart, sonst ein ernster Mensch, schüttelte sich vor Lachen beinahe aus seinem Anzug, als Manfred erzählte, welche Mühe sich Dearborn gegeben hatte, Claro May zu beeindrucken. »Vor dem Ambassador hat sich Snake-Eye glatt einen Rückenwirbel verknackt, als er die Koffer herausholte, und zwar so, daß er für die nächsten zwei Tage am Stock gehen sollte.«

»Was er natürlich niemals tun wird, solange Miß Velasquez in London weilt«, schmunzelte Leon Gonsalez. »Fast tut er mir leid, unser verehrter Freund bei Scotland Yard. Man möchte ihm doch endlich wenigstens im Privatleben einen Erfolg gönnen, da er doch allmählich eine ziemlich verschrobene Lebensart entwickelt, seit ihm seine Frau Gemahlin davongelaufen ist.«

»Er lebt jetzt zusammen mit seiner Schwester und seinem Schwager, die immerhin vier Kinder haben«, wandte Poiccart ein. »Seine Schwester soll allerdings ein wahrer Hausdrachen sein.«

»Daß er sich bei einer Frau wie Claro May eine Chance ausrechnet, zeugt von einem fast verwegenen Selbstvertrauen«, sagte Manfred und blickte von seinen Notizen auf. »Nicht einmal ich würde es wagen, mit ihr engere Beziehungen anzuknüpfen. Diese Frau ist keine, die ich mir am Herd vorstellen kann, mit einer Küchenschürze umgebunden.«

»Wahrscheinlich ist es gerade das, was Dearborn anzieht«, sagte Leon Gonsalez. »Auch ich war sehr von ihr angetan, muß ich gestehen, und wir verbrachten ein paar nette Pariser Nächte zusammen. Nun, willst du uns nicht wenigstens sagen, wie du darauf gekommen bist, daß Lexfield Elsa Monarty mit einem hochkarätigen Diamanten beschenkt hat, als sie aus der Bank kam?«

Manfred lehnte sich zurück und schlug die Beine übereinander. »Das war einfach«, sagte er. »Als ich die Bank verließ, ging ich über die Straße und sah mich von dort aus um, wo der Fiat geparkt gewesen war. Ich dachte mir, daß Elsa etwas Besonderes widerfahren sein mußte, wenn sie dem Mann um den Hals fällt, als hätte sie ihn seit drei Monaten nicht mehr gesehen. Ein Geschenk, dachte ich, und an der Straße befanden sich mehrere Läden, die mir zur Auswahl standen. Ein Blumenladen. Ein Kleidergeschäft. Der Laden eines Juweliers. Eine Buchhandlung. Eine Bäkkerei und . . .«

»Du hast dich für den Juwelier entschieden«, unterbrach Poiccart seinen Partner ungeduldig. »Nicht schlecht, George. Und der Juwelier erinnerte sich natürlich an den Mann . . .«

»Falsch. Der Juwelier erinnerte sich an den Ring, denn von denen, die er während den letzten Wochen verkauft hatte, war es der absolut teuerste. Er hatte eine Kopie der Quittung. Der Kunde hatte seinen Namen mit Albert Erling angegeben.«

»Dann haben wir jetzt drei Namen: Johnson, Lexfield, Erling.«

»Richtig«, bestätigte Manfred und tippte auf seine Notizen. »Und Lexfield ist der Name, der mir schon irgendwann irgendwo untergekommen ist. Lexfield? Kannst du dich nicht an einen Lexfield erinnern, Leon?«

»Im Moment nicht«, sagte Leon Gonsalez. »Aber ich werde morgen Erkundigungen einholen, falls dir das recht ist. Ich will mich natürlich nicht unbedingt in deinen Fall einmischen, aber . . .«

Das Telefon unterbrach ihn. Poiccart hob ab und verzog sein Gesicht. Er legte eine Hand auf die Sprechmuschel und sagte leise: »Ihr dürft dreimal raten.«

»Snake-Eye«, grinste Manfred.

»Liebeskrank«, flüsterte Poiccart und nahm die Hand wieder vom Hörer. »Selbstverständlich, Inspektor. Jawohl, ich kann Ihnen die Blumen gern besorgen. Astern sind meine Spezialität. Gut, dann erwarte ich Sie so gegen acht Uhr. Wiedersehen.«

Poiccart legte auf und holte tief Luft. »Er will, daß ich einen Strauß Astern kaufe, die er hier heute abend noch abholen wird. Ich glaube, der ist völlig durcheinander.«

»Warum kam er überhaupt zum Flughafen raus? Ich habe ihn zweimal gefragt, aber er gab mir nur ausweichende Antworten. Murmelte etwas von internationalem Goldschmuggel, der über die Schweiz abgewickelt würde.«

Poiccart erklärte Manfred, daß Dearborn Schwierigkeiten mit einem Fall hatte, der einem bekannten Londoner Bankier das Leben gekostet hatte. »Du erinnest dich sicher an Donald L. Roylance. Man fand ihn vor zwei Tagen in seiner Villa. Irgend jemand hatte ihm einen Drink serviert, der Zyankali enthielt. In der Westentasche des Toten fand man deine Karte. Dearborn wollte dich unbedingt sprechen, und da hat ihm Leon vorgeschlagen, nach Lympne hinauszufahren. Unser Wagen steht nämlich schon wieder in der Werkstatt. Probleme mit dem Zündverteiler.«

Raymond Poiccart erhob sich. »Ich erledige schnell die Sache mit den Blumen. Dearborn wird jeden Augenblick hier aufkreuzen.«

Dearborn kam pünktlich. Er hatte sich tatsächlich mit den schweren Koffern übernommen und bekundete Mühe, die Treppe hochzusteigen, die von der Halle ins Obergeschoß führte. Poiccart war längst mit einem Strauß Astern zurückgekehrt, der in grasgrünes Seidenpapier eingeschlagen war.

Dearborn sah sonst recht gut aus, mit gepuderter Nase und dunklem Anzug. Außerdem roch er stark nach irgendeinem Wässerchen. Er lutschte Lakritze, und der Ring, den er am Mittelfinger der linken Hand trug, blitzte im Licht des Kristallüsters nach allen Richtungen.

»Nun, meine Herren, ich habe es mir nicht nehmen lassen, Miß Velasquez zum Dinner einzuladen«, sagte er und hakte sich kameradschaftlich bei Manfred ein. »Manfred wird euch beiden ja inzwischen erzählt haben, um was für eine Frau es sich bei diesem göttlichen Geschöpf handelt.«

»Um ein feuerblütiges Wesen aus einem exotischen Paradies«, rätselte Poiccart. »Passen Sie nur auf, daß Miß Velasquez nicht mit Ihnen durchgeht, lieber Dearborn.«

»Ich liebe unberechenbare Frauen«, erwiderte Dearborn, zückte mit Grandezza seinen Geldbeutel und bezahlte die Blumen. Bevor er ging, trank er noch einen doppelten Scotch, der ihm allerdings wegen der Lakritze nicht schmeckte, nahm eine Tablette gegen die Rückenschmerzen und versprach, sich morgen wieder zu melden. »Ich möchte gern den Fall Roylance mit Ihnen besprechen, Manfred.«

»Vielleicht sollten Sie daran denken, den Fall Kriminalunterkommissar Roos zu übergeben, Inspektor«, schlug Manfred vor, der seinen neugewonnenen Freund hinausgeleitete. Dearborn blieb stehen und blickte Manfred von der Seite forschend an.

»Wieso das?«

»Well, Miß Velasquez wird Ihnen noch ganz den Kopf verdrehen, wenn Sie nicht höllisch aufpassen.«

Dearborn lachte, als hätte Manfred eben einen Scherz zum besten gegeben. Und er stieß ihm neckisch den Ellbogen in die Seite.

»Von ihr lasse ich mir gern ein bißchen den Kopf verdrehen«, sagte er lachend und ging mit dem Blumenstrauß im Arm zu seinem Wagen, der am Bürgersteigrand geparkt war. Auf der anderen Seite stellte Mrs. Tripplestick gerade ihren Mülleimer heraus. Morgen war Abfuhr. Sie winkte herüber.

»Wie wärs mal wieder mit einer Partie Bridge, Mr. Manfred«, rief sie.

Manfred lachte. »Keine schlechte Idee, Nachbarin!« rief er zurück und machte, daß er schleunigst ins Haus kam.

Es war nicht Inspektor Dearborn, der am nächsten Morgen anrief.

Poiccart schlief noch, und so nahm Leon den Hörer ab. Am anderen Ende der Leitung verlangte eine energische Frauenstimme George Manfred zu sprechen.

»Vor zehn Uhr am Morgen ist Manfred keinesfalls vernehmungsfähig«, sagte Leon und setzte sich auf den Polsterstuhl.

»Leon!« rief die Frau aus. »Bist du das? Leon Gonsalez?«

»Wäre ich ein anderer, ich glaube, ich würde es nicht zugeben. Du klingst, als würdest du dich ebenfalls freuen, Kathleen.«

»Und wie ich mich freue. Nach einem Abend mit diesem verschnupften Kriminalisten würde ich mich sogar über eine Begegnung mit meiner ehemaligen Schwiegermutter freuen.«

Leon grinste in sich hinein. »Du willst doch damit nicht sagen, daß Dearborn sich schlecht benommen hat. Er ist meiner Ansicht nach ein Gentleman vom Scheitel bis zur Sohle.«

»Trotzdem kann ich ihn im Moment nicht in meiner Nähe brauchen. Und Astern gehören meiner Ansicht nach auf den Friedhof, mein Lieber.«

»Du liebst ihn also nicht?«

»Sei nicht dämlich. Ich bin nicht nach London gekommen, um mich in einen Kriminalinspektor von Scotland Yard zu verlieben.«

»Aber du hast ihm ganz schön den Kopf verdreht.«

»Unabsichtlich. Das heißt, eigentlich könnte natürlich eine nähere Beziehung zu Scotland Yard in Zukunft nicht schaden. Außerdem ist er wirklich ein liebenswerter Mensch mit vielen versteckten Qualitäten.«

»Und warum willst du ihn dann so schnell wieder loswerden?«

Sie seufzte. »Hat dir denn Manfred nicht gesagt, weswegen ich hier bin?«

»Lexfield?«

»Richtig. Weißt du, wer Lexfield ist?«

»Nein. Aber ich hatte eigentlich die Absicht, noch heute morgen ein paar Nachforschungen anzustellen.«

»Wo?«

»Das, meine Liebe, geht dich nichts an.«

Sie lachte. »Ich dachte, wir arbeiten in diesem Fall zusammen, Leon.«

»Das können wir gerne tun, aber völlig diskret, bitte schön. Du weißt, daß wir nicht mehr nach den alten Methoden arbeiten. Seit einigen Jahren gehören wir sozusagen der guten Gesellschaft an.«

»Heißt das, daß du mir tatsächlich nicht verraten willst, wo du Informationen über Lexfield herkriegen willst?«

»Würdest du mir verraten, wie du an die Perlenkette herangekommen bist, die Lady Morain abhanden gekommen war?«

»Natürlich nicht!«

»Na, siehst du. Aber zum Trost werde ich dir verraten, was ich über Lexfield in Erfahrung bringen kann. Was glaubst du, wer er ist?«

»Keine Ahnung. Aber der Gedanke, daß ihm Elsa Monarty auf Tod und Verderben ausgeliefert ist, macht mich rasend.«

»Beruhige dich lieber, Kathleen. Wir kennen Lexfields Absichten nicht. Vielleicht ist er ein ehrenwerter Mensch, der . . .«

». . . der guten Gesellschaft angehört.« Claro May, die von Leon mit ihrem richtigen Vornamen angeredet wurde, lachte auf. »Ich glaube nicht mehr an den Weihnachtsmann, seit ich fünf Jahre alt war, Leon. Sag Manfred bitte, er soll mich anrufen, wenn er wieder bei Sinnen ist.«

»Kann ich sonst noch irgend etwas für dich tun, Kathleen?«

»Halt mir Dearborn vom Leib, mein Lieber.«

»Das, meine Liebe, würde mir kaum gelingen.«

»Versuchs wenigstens«, schnappte sie und hängte ein, bevor er ihr darauf eine Antwort geben konnte. Leon lehnte sich im Polsterstuhl zurück, und während er an sie dachte, lächelte er. Er merkte nicht einmal, daß Poiccart hereinkam, im Nachthemd, das Haar zerzaust und die nackten Füße in großen Filzlatschen. Poiccart streckte sich gähnend und zog die Vorhänge auf.

»Heute kommt die Putzfrau«, sagte er und riß Leon aus seinen Gedanken.

5. Kapitel
Ein Mann namens Lexfield

Wo Leon Gonsalez seine Informationen herkriegte, verriet er nicht einmal seinen Partnern. Und die nahmen ihm seine Geheimniskrämerei nicht übel, denn die Hauptsache war es, »einen Fall in den Griff zu kriegen«, wie sich Poiccart ausdrückte.

Leon verbrachte fast den ganzen Tag außer Haus, und als er am Abend zurückkehrte, roch es daheim frisch nach Schmierseife und anderen Putzmitteln. Das kleine Haus erstrahlte in einem gediegenen Glanz, und Poiccart machte wieder einmal den glücklichsten Eindruck seines Lebens. Er haßte Unordnung und Schmutz wie die Pest.

Nach dem Abendessen berichtete Leon, was seine Nachforschungen ergeben hatten.

»Lexfield ist ein Mann, der offenbar mit äußerster Geschicklichkeit zwischen Gesetzesparagraphen balanciert, ohne daß er bis jetzt das Gleichgewicht verloren hätte.« Leon studierte seine Notizen, während er sprach. »Er ist sechsunddreißig Jahre alt, hochgewachsen, mit offenen, ziemlich hübschen Gesichtszügen. Frauen finden ihn im allgemeinen bezaubernd, und es gelingt ihm leicht, Vertrauen zu erwecken. Dies, so scheint es, kommt den Damen teuer zu stehen. Er verkehrt in bester Gesellschaft und wurde vor Jahren sogar in den Aufsichtsrat eines großen Konzerns im West End gewählt.«

»Warum hat er es dann nötig, seine Damenbekanntschaften zu schröpfen?«

»Nun, er lebt zweifellos auf großem Fuß, Raymond. Teure Autos, modische Kleider, kostspielige Reisen und . . .« Leon brach kurz ab und blickte auf ». . . ein Hobby, das ihn schon ein Vermögen gekostet hat.«

»Er ist dem Spielteufel ergeben«, sagte Manfred, und es war keine Frage, sondern eine Feststellung.

»So ist es«, bestätigte Leon. »Wahrscheinlich, und das ist nur eine Vermutung von mir, hat er Elsa in Monte Carlo im Spielcasino getroffen, wo er als vermeintlicher Gentleman-Spieler sicherlich großen Eindruck auf sie gemacht hat.« Leon blätterte um. »Nun, Lexfield hatte auch ein paar Pechsträhnen. Aus Indien wurde er ausgewiesen. In Neuseeland sind die Behörden bereit, gegen ihn vorzugehen, sollte er dorthin zurückkehren. In diesen Ländern war seine Spezialität Bigamie. Er hat mehrere Frauen geheiratet und noch einigen anderen die Heirat versprochen. Dabei entwickelte er ein einfaches, aber äußerst erfolgreiches System. Er suchte sich seine Opfer nur unter solchen Familien aus, die zu hoch stehen, um sich einem öffentlichen Skandal auszusetzen. Unsere ›Gentleman-Freunde‹ kennen ihn alle nur vom Hörensagen, da niemand erpicht darauf ist, mit Lexfield engere Beziehungen anzuknüpfen. Er ist verheiratet oder geschieden, und mein Informant behauptet, daß seine Frau zur Zeit in London weilt, um ihn an seine Verpflichtungen zu erinnern. Er selbst war zuletzt in Australien . . .«

»Und wo wohnt Mr. Lexfield zur Zeit?« unterbrach Manfred.

»Er hat eine prachtvolle Stadtwohnung in der City of Westminster, in der Jermyn Street. Bevor du mir sagst, daß es in der Jermyn Street überhaupt keine prachtvollen Wohnungen gibt, möchte ich dir sagen, daß verschiedene wenigstens einen solchen Eindruck machen.«

»Könnte es sein, daß sich Elsa Monarty dort aufhält?«

»Das konnte ich leider nicht in Erfahrung bringen, aber möglich wäre es schon. Du wirst dich mit Lexfield in Verbindung setzen müssen, wenn du genau wissen willst, was mit Elsa Monarty passiert ist.«

»Glaubst du, daß Claro May ebenfalls an diese Informationen herankommt?«

»Vermutlich wird ihr das nicht schwerfallen, George. Vergiß nicht, daß sie eine Spitzenkönnerin ist, die ich sehr hoch einschätze. Sie wird sich vorgenommen haben, sich an Lexfield heranzumachen, in der Absicht, ihm ein für allemal das Handwerk zu legen.«

»Dann können wir sie vielleicht als Köder verwenden«, sagte Manfred ruhig.

»Daran habe ich auch schon gedacht. Ich fürchte nur, daß Claro dabei nicht mitmachen wird, es sei denn, sie erliegt deinen Verführungskünsten.«

Manfred verzog sein Gesicht. »Sie ist mit allen Wassern gewaschen, Leon, und mir sicherlich beinahe ebenbürtig.«

»Dann wirst du dich eben um so mehr bemühen müssen, George«, sagte Poiccart. »Oder soll ich den Fall übernehmen? Ich bin der einzige, der noch nicht das Vergnügen hatte, Miß Claro May zu begegnen, und nach allem, was mir bis jetzt über sie zu Ohren gekommen ist, lohnt es sich direkt, für die Dame Kopf und Kragen zu riskieren.«

»Überlaß das lieber einem Fachmann«, wandte Manfred ein.

»Oh, das klingt schon fast, als ob du unter der gleichen Krankheit leiden würdest wie unser verehrter Freund bei Scotland Yard.«

»Der uns bei diesem Fall allen so ziemlich im Wege herumlümmelt«, sagte Leon Gonsalez ernst. »Ich hoffe, daß es Claro gelingt, ihm eine Abfuhr zu erteilen, denn er gefährdet durch sein Buhlen um ihre Gunst die ganze Operation.« Leon tippte mit dem Zeigefinger auf seine Notizen. »Also, Mr. Gary Lexfield hat sich im letzten Winter in Australien aufgehalten. Im April dieses Jahres ging er möglichst unauffällig und unter falschem Namen in Sydney an Bord der *Morovia*. Sein Charme und seine Anziehungskraft – Eigenschaften, die für einen vollendeten Hochstapler fundamental sind – verhalfen ihm auf dem Schiff zu einem kleinen Vermögen von fast neuntausend Pfund, das er zwei australischen Geschäftsmännern abschwindelte. Diese beiden wiederum hatten ihm zu einer sehr engen Beziehung mit der Tochter eines Großgrundbesitzers verholfen, der nicht weniger wohlhabend schien.«

»Und diese Tochter ist eine seiner vielen Frauen geworden?« meinte Poiccart.

»Nein, nur beinahe. Tatsache ist, daß ihn eine gehörige Portion Glück davor bewahrte, einen gravierenden Fehler zu begehen. Als man nämlich in England an Land ging, waren sie – die Vorsehung schien es gut zu meinen – glücklich verlobt. Aber am Tage der Ankunft wurde seine zukünftige Frau krank; ein sehr prosaischer Fall von Blinddarmentzündung. Sie wurde sofort vom Schiff weg in ein Krankenhaus eingeliefert und operiert. Bevor sie jedoch wieder entlassen wurde, hatte Lexfield in Erfahrung gebracht, daß sich sein zukünftiger Schwiegervater, der millionenschwere Großgrundbesitzer in Australien, in schlimmen finanziellen Schwierigkeiten befand. So löste er die Verlobung, und das arme Mädchen arbeitet heute als Serviererin in Liverpool.«

»Lexfield jedoch hielt nach frischem Blut Ausschau«, sagte Manfred und zündete eine Zigarette an. »Er packte seinen Koffer und reiste nach Monte Carlo.«

»Wo er Elsa Monarty begegnete«, fuhr Leon fort. »Und von diesem Moment an bleibt uns nicht viel anderes übrig, als Vermutungen anzustellen. Wir wissen, daß er Monte Carlo mit Elsa verließ, nach Zürich reiste und ihr einen auserlesenen Diamantring kaufte. Sie hingegen löste ihre beiden Konten auf, verkaufte den kleinen italienischen Sportwagen und buchte einen Flug nach London, und zwar auf den Namen Mr. und Mrs. Johnson. In seiner Wohnung hier in London ist Lexfield bis jetzt nicht aufgetaucht. Das heißt, daß er entweder mit seiner Braut zusammen eine

Reise durch England macht oder daß er sich woanders eingenistet hat. Das ist so ungefähr alles, was wir zu diesem Zeitpunkt wissen, nicht wahr?«

»Wir wissen auch, daß sich Claro May in London befindet und dies im Auftrag von Richard Monarty, Elsas Vater. Wirst du ihr deine Informationen nun weitergeben, Leon?«

Leon wiegte den Kopf. »Eigentlich hatte ich die Absicht, dir diese Entscheidung zu überlassen.«

Manfred erhob sich. »Dann entschuldigt mich bitte«, sagte er. »Ich habe eine Verabredung, die ich keinesfalls verpassen möchte.«

Sie fragten ihn nicht, mit wem, denn seine Augen verrieten ihn. Er sah beinahe genauso krank aus wie Philander Dearborn, und den hatte Amors Pfeil übel erwischt.

Nach einem kurzen Besuch im Ambassador, wo man Manfred ausrichtete, daß Miß Velasquez zum Dinner abgeholt worden war, fuhr Manfred in die Jermyn Street, eine Straße, die parallel zum Picadilly verläuft. Tatsächlich waren hier die meisten Häuser alt und nach außen hin keineswegs bemerkenswert. Manfred aber wußte, daß sich gerade in diesen Häusern jene Leute moderne Zweitwohnungen eingerichtet hatten, deren Privat- und Geschäftsleben nicht leicht zu ergründen war. Die Wohnungen waren zentral gelegen, dicht beim Picadilly und knapp einen Kilometer von der Charing Cross Station entfernt, dem Bahnhof der Londoner Innenstadt.

Manfred hätte nicht im Traum gedacht, daß er schon an diesem Abend das recht zweifelhafte Vergnügen haben würde, mit Mr. Gary Lexfield zusammenzutreffen. Völlig zufällig. Er wußte nicht einmal, daß sich Lexfield tatsächlich in London aufhielt und in seiner Wohnung einquartiert hatte. Nach Leons Informationen war diese zur Zeit unbewohnt.

Es war eine törichte, ganz unbedeutende Angelegenheit,

die Veranlassung zu Manfreds erstem Zusammentreffen mit diesem zwielichtigen Gesellen gab.

Schon ziemlich spät am Abend spazierte Manfred im Nebel die Jermyn Street hinunter. Unweit des Hauses, in dem sich Lexfields Wohnung befand, begegnete er einem Mann, der wütend auf eine Frau einsprach. In der Annahme, daß es sich um jene Zankereien handelte, denen ein weiser Mann lieber aus dem Weg geht, schlenderte Manfred weiter, als er hinter sich das Geräusch eines Schlages und einen erstickten Schrei hörte. Er wandte sich um und sah, daß die Frau halb am Boden lag. Ihre Hände klammerten sich an den eisernen Zaunstäben des Vorgartens eines Hauses fest. Manfred brachte es einfach nicht fertig, weiterzugehen. Statt dessen ging er schnell zurück und blieb so dicht vor dem Mann stehen, daß er ihm hätte in die Nase beißen können.

»Haben Sie die Frau geschlagen?«

»Was zum Teufel geht Sie das an? Kümmern Sie sich gefälligst um Ihre eigenen Ange . . .«

Manfred packte ihn kurzerhand und warf ihn ohne ein weiteres Wort über den Zaun, dessen Stäbe mit Spitzen versehen waren. Als er sich umblickte, war die Frau verschwunden, und der Mann im Vorgarten klagte ächzend darüber, daß er in einen Dornenbusch gefallen sei. Es dauerte eine Weile, bis er im Nebel auftauchte und zum Zaun kam. »Was zum Teufel kümmern Sie sich um Angelegenheiten, die Sie absolut nichts angehen«, schrie er wütend. »Meine geschiedene Ehefrau war es, und ich sage Ihnen, sie ist alles andere als ein Engel.«

»Man schlägt trotzdem eine Frau nicht, mein Freund«, sagte Manfred und schaute zu, wie der Mann umständlich über den Zaun kletterte. Irgendwo begann ein Hund zu bellen.

»Well, sie ist abgehauen, was? Einfach verschwunden. Da sehen Sie, von welchem Schlag sie ist.« Der Mann klopfte sich feuchte Gartenerde aus dem Mantel, und als er den Kopf hob und ihm das schwache Licht einer im Nebel stehenden Laterne ins Gesicht fiel, wußte Manfred, daß er Gary Lexfield vor sich haben mußte.

Lexfield mochte der Traum vieler Frauen sein, schlank, großgewachsen, mit dunklem Haar und blauen Augen. Über seinem Mund hatte er sich einen Schnurrbart stehen lassen, und obwohl ihn Manfred ja eben über den Zaun geworfen hatte, war er aufgeräumt und fröhlich. »Natürlich nehme ich Ihnen nicht krumm, daß Sie mir zu einem unfreiwilligen Flug verholfen haben, mein Freund, aber das nächstemal lassen Sie mich bitte erst nach einem geeigneten Landeplatz Ausschau halten.« Er streckte Manfred die Hand hin. »Lexfield«, sagte er. »Gary Lexfield. Wer hier um diese Nachtzeit zu Fuß unterwegs ist, wohnt entweder in der Nähe, oder er hat sich verlaufen.«

Manfred gab seinen Namen als Henry George an und sagte, daß er in der Babmaes Street wohne, einer kleinen Querstraße der Jermyn Street.

»Well, wenn ich nicht wüßte, daß mir meine ehemalige Gemahlin wahrscheinlich an der Haustür auflauert, würde ich Sie zu einem Scotch einladen, Henry. Aber vielleicht sehen wir uns demnächst.«

»Dann hoffentlich unter erfreulicheren Umständen«, sagte Manfred, stellte den Mantelkragen hoch und schlenderte weiter die Jermyn Street hinunter. Sobald er aus dem Laternenlicht heraus war, blieb er stehen. Er konnte Lexfield nicht mehr sehen. Manfred überquerte die Straße und ging zurück bis zum Haus, in dem Lexfield seine Wohnung hatte. Im zweiten Stock brannte jetzt Licht. Jemand zog die Vorhänge zu, und den schattenhaften Umrissen nach handelte es sich um eine Frau. War es Elsa Monarty oder die Frau, mit der Lexfield zusammengewesen war? Manfred nahm sich vor, seinem »Nachbarn« schon am nächsten Tag einen Besuch abzustatten.

Von der Jermyn Street fuhr Manfred zurück zum Ambassador, einem der exklusivsten Hotels in London. Der Pförtner hielt ihm die Taxitür auf und geleitete ihn durch das riesige Portal in die Empfangshalle mit den weißgetünchten Wänden, den Säulen aus italienischem Marmor, dem mit teueren Teppichen ausgelegten Boden und den breiten Treppen, die sich in weiten Bögen zum Obergeschoß hinaufzogen. Zwischen den Treppen befand sich der Aufzug.

Der Pförtner rief über das Haustelefon die Suite an, die Claro May unter dem Namen Dolores Velasquez bezogen hatte. Die Suite befand sich im obersten Stock, mit Balkon über den Picadilly hinaus und freier Sicht über den prachtvoll gelegenen Greenpark und die Dächer des Buckingham-Palastes.

»Miß Velasquez erwartet Sie oben«, sagte der Pförtner, nachdem er Manfred angemeldet hatte.

Der Page beim Lift verbeugte sich, ließ Manfred eintreten und fuhr ihn fünf Stockwerke nach oben.

Manfred war mehr als überrascht, als er die Suite betrat und Philander Dearborn entdeckte, der ohne Schuhe und mit aufgeknöpftem Hemd in einem Polstersessel saß und so tat, als wäre er hier zu Hause.

»Na, na, Manfred, noch immer unterwegs?« fragte er huldvoll.

Claro May, die ihn hereingebeten hatte, lächelte, als wäre alles in bester Ordnung, und bot Manfred einen Scotch an. »Der Inspektor war eigentlich gerade im Begriffe zu gehen«, sagte sie. »Nicht wahr, Phil, du wolltest doch noch einmal im Yard nach dem Rechten sehen?«

Dearborn kratzte sich hinter dem Ohr. »Der Fall Roylance liegt mir schwer im Magen«, sagte er. »Wenn ich nur wüßte, warum er Ihre Karte in der Tasche hatte, als er ermordet wurde.«

Manfred wiegte den Kopf. »Vielleicht wollte er mich als

Alleinerbe einsetzen«, sagte er so ernst, daß Dearborn den leisen Spott in der Stimme überhörte. Und da er keine Anstalten machte, nach Hause zu gehen, richtete sich Manfred auf einen langen Abend ein. Bis Mitternacht unterhielten sie sich, und Claro May erzählte von Brasilien, als ob sie tatsächlich einmal dort gewesen wäre; vom Sandstrand, an dem die Buben Fußball spielten, vom Zuckerhut und vom Karneval in Rio. Dearborn war unheimlich fasziniert, bis ihm die Augenlider immer schwerer wurden und er schließlich, als Big Ben zweimal geschlagen hatte, auf der Couch eingeschlafen war, den Mund offen, weil seine Nase nicht einwandfrei funktionierte. Er schnarchte so laut, daß sich Manfred und Claro keine Mühe gaben, leise zu sein. Sie unterhielten sich an der kleinen Bar der Suite, von der aus man einen Blick über die Kuppeln der National Gallery hatte, ohne daß man den Barhocker verlassen mußte. Manfred jedoch behielt lieber Dearborn im Auge, obwohl dieser wahrscheinlich nicht einmal durch einen Donnerschlag aufgewacht wäre.

Manfred erzählte Claro May kurz sein eigenes Erlebnis und was Leon über Lexfield in Erfahrung gebracht hatte. Sie war nicht überrascht. Sie hatte eigentlich von allem Anfang damit gerechnet, daß Elsa Monarty einem Hochstapler in die Klauen gefallen war.

»Es dürfte ja nicht schwierig sein, herauszufinden, ob sich Elsa in Lexfields Wohnung aufhält«, sagte Claro May. »Warum statten Sie ihm nicht morgen einen nachbarlichen Besuch ab, Mr. Manfred? Er hat Sie doch dazu eingeladen.«

»Genau das hatte ich vor. Ich bin allerdings davon überzeugt, daß Elsa nicht bei ihm ist. Ich habe die Wohnung länger als eine Stunde beobachtet. Es brannte kein Licht. Die Läden waren zu. Das ganze Haus scheint unbewohnt zu sein.«

»Aber als Lexfield zu Hause war, ging ein Licht an, und Sie haben eine Frauengestalt an einem Fenster gesehen.«

»Am einzigen Fenster, das keine Läden hatte.«

»Könnte es auch die Frau gewesen sein, mit der er eine Auseinandersetzung hatte?«

»Das ist möglich.« Manfred trank sein Glas leer. »Wie wollen wir vorgehen, wenn Elsa nicht bei ihm ist?«

Sie sah ihn an, und dann lächelte sie dieses hintergründige Lächeln, das ihm das Gefühl vermittelte, als vermöchte er keinen Entschluß zu fassen, den sie nicht schon selbst gefaßt hatte.

»Wenn Elsa nicht bei ihm ist, heißt das, daß Lexfield sie irgendwo ausgesetzt hat, nicht wahr«, sagte Claro May. »Das erstemal wäre es ja nicht.«

»Müßten wir dann nicht davon ausgehen, daß Elsa ihre Eltern anruft und nach Paris zurückreist?«

»Nicht Elsa. Sie wird versuchen, mit diesem Schlamassel allein fertig zu werden. Aus Scham vielleicht. Und aus Trotz. Aber keinesfalls würde sie ihre Eltern um Hilfe bitten.«

»Es sei denn, sie weiß nicht mehr ein noch aus oder befindet sich in Gefahr.«

»Glauben Sie, daß Lexfield im Stande wäre, ihr etwas anzutun?« fragte Claro und senkte für einen Moment ihre Lider.

Manfred holte tief Luft. »Das ist schwer zu sagen. Den Informationen nach, die Leon eingebracht hat, ist er nicht gewalttätig.«

»Aber Sie haben selbst gesehen, wie er die Frau geschlagen hat.«

»Ich hörte es. Der Schlag kann die Reaktion auf eine Herausforderung gewesen sein, der Lexfield aus irgendwelchen Gründen nicht anders zu begegnen vermochte. Ein Mann, der seine Ehefrau oder Ex-Ehefrau schlägt, ist zwar ein Schuft, aber noch lange kein Blaubart.«

Claro May stützte den Kopf in ihren Händen auf und starrte in ihr Glas hinein. »Ich habe kein gutes Gefühl«, sagte sie leise. »Ich habe ganz und gar kein gutes Gefühl, Mister Manfred.«

»George.«

Sie hob den Kopf, sah ihn an und lachte leise auf. »Nein, ich habe mich heute schon von diesem glorreichen Inspektor dazu verleiten lassen, ihn beim Vornamen anzureden. Philander! Welch ein Name!«

Kaum hatte sie den Namen genannt, hob Dearborn den Kopf, blinzelte völlig verwirrt in der Gegend herum, schmatzte mit den Lippen, als hätte er einen Schnuller im Mund, und schlief weiter.

»Versuchen Sie herauszufinden, in welchen Clubs Lexfield verkehrt, in welchen Restaurants er diniert und wo er sonst noch auf die Pirsch geht. Ich bin sicher, daß er London zu seinem Revier gemacht hat.«

»Dann haben Sie die Absicht, sich ihm als Köder anzubieten?«

Claro May lächelte. »Ist es nicht das, was Sie mir vorschlagen wollten, als Sie hierherkamen?« fragte sie zurück.

Manfred kam nicht umhin, diese Frau zu bewundern, und fast wünschte er, sie hätte sich ihm und seinen Partnern als viertes Mitglied angeschlossen.

Sie erhob sich vom Barhocker und zeigte auf Dearborn. »Nehmen Sie ihn bitte mit«, bat sie. Dann beugte sie sich über den Inspektor. »Philander« hauchte sie ihm ins Ohr, und Dearborn fuhr hoch, als hätte sein Hosenboden Feuer gefangen.

6. Kapitel
Der Köder an der Leine

Manfred lieh sich von Mr. und Mrs. Tripplestick früh am nächsten Morgen den Zwergschnauzer aus, der auf den Namen Mr. Smith hörte. Sein Leben lang hatte Mr. Tripplestick unter seinem eigenen Familiennamen derart leiden müssen, daß er wenigstens dem Zwergschnauzer einen einfachen Namen geben wollte. Und Mr. Smith paßte. Der kleine graue Hund war weder schön noch häßlich, gab kaum je einen Laut von sich, pinkelte grundsätzlich nie, wenn man ihm zusah, und hielt sich strikt an alle möglichen Hunderegeln, die Mr. und Mrs. Tripplestick extra für ihn geschaffen hatten.

Manfred war gezwungen, seine besten Überredungskünste anzuwenden, und auch die hätten ihm beinahe nicht weitergeholfen. Mr. und Mrs. Tripplestick waren erst dann bereit, ihm Mr. Smith auszuleihen, als er ihnen versprach, ganz bestimmt nächste Woche zum Bridge zu kommen.

»Und nicht länger als bis zehn Uhr«, ermahnte ihn Mrs. Tripplestick, eine resolute Frau, vor der Manfred einen geradezu höllischen Respekt hatte, seit sie ihn einmal vom Fenster aus mit Holzscheiten bombardiert hatte.

Manfred und Mr. Smith kamen recht gut miteinander zurecht. Im Taxi hockte sich Mr. Smith neben dem Chauffeur hin und beobachtete die vorbeiziehende Welt zu beiden Seiten mit geradezu menschlichem Interesse. Manfred war sich über Mr. Smith' Wesen gar nicht mehr im klaren, als der Chauffeur am Ende der Fahrt unaufgefordert ausstieg und dem Hund die Tür aufhielt. »Ein bemerkenswertes Tier«, sagte er dabei, und Mr. Smith pinkelte ganz schnell gegen den linken Vorderreifen, als Manfred bezahlte und gerade niemand hinsah.

In der Jermyn Street, wo ein dämlicher Bullterrier beinahe vom Balkon eines Hauses fiel, weil er dem Zwergschnauzer unbedingt an den Kragen wollte, zeigte sich Mr. Smith' wahrer Charakter. Er blieb herausfordernd direkt unter dem Balkon stehen, bis sich der Bullterrier in seiner verzweifelten Wut in den eigenen Stummelschwanz biß. Dann erst stolzierte Mr. Smith an Manfreds Seite weiter, ohne sich noch ein einzigesmal nach dem Bullterrier umzublicken.

»Dämlicher Hund«, sagte Manfred, und insgeheim wünschte er sich, er hätte Mr. Smith in ein Gespräch verwickeln können, aber das klappte nicht.

An dem Haus, in dem Gary Lexfield seine Wohnung hatte, drückte Manfred den Klingelknopf. Es war neun Uhr am Morgen, und im Haus war kein Geräusch zu hören. Noch einmal klingelte er, und diesesmal etwas länger.

Nach einer Weile hörte er Schritte, und zu seiner Überraschung öffnete eine Frau, die Manfred sofort wiedererkannte, obwohl er sie eigentlich noch gar nie richtig gesehen hatte. Die Frau hatte einen kleinen Bluterguß am Kinn, dort, wo sie von Lexfields Hand getroffen worden war.

Sie war eine hübsche Frau, etwa dreißig Jahre alt, mittelgroß und dunkelblond. Manfred nahm an, daß es sich bei ihr um Lexfields Ehefrau handelte.

»Guten Morgen, Madam«, sagte er fröhlich. »Mr. Smith und ich erkunden die Nachbarschaft, und da wollte ich doch die Gelegenheit wahrnehmen, Mr. Lexfield meinem Freund hier vorzustellen.«

Natürlich war die Frau ziemlich durcheinander, aber bevor sie Manfred vor der Tür stehenlassen konnte, ertönte Lexfields Stimme.

»Wer ist denn da, Lucy?« rief er.

»George Henry, Madam«, sagte Manfred schnell. »Und Mr. Smith.«

»George Henry und Mr. Smith!« rief sie.

»Henry? Du meinst . . . ja, zum Teufel, schlafen Sie denn nie, Henry? Es ist doch noch mitten in der Nacht.« Hinten im Zwielicht des langen Flures tauchte Gary Lexfield auf, er war dabei, sich einen Morgenmantel überzuwerfen. »Kommen Sie rein, mein Freund. Lucy wird uns Kaffee machen.«

Die Frau hatte aber andere Absichten. Sie ließ Manfred stehen, drehte sich um und verschwand in einem der Zimmer. Lexfield entschuldigte sich lachend bei Manfred. »Sie wird heute London verlassen«, flüsterte er ihm zu. »Wissen Sie, wir leben beide so ziemlich unser eigenes Leben.« Und laut fügte er hinzu. »Well, dann kommen Sie rein. Ich bin überzeugt, daß es mir gelingt, selbst einen Kaffee zu machen.«

Lexfields Art, mit einer überraschenden Situation fertig zu werden, beeindruckte Manfred. Offenbar hielt er nicht sehr viel von gesellschaftlichen Regeln oder traditioneller Etikette, denn er lud seinen Gast samt Hund in die modern eingerichtete Küche ein, füllte eine Schüssel mit Milch für Mr. Smith und hantierte mit Geschirr, Pfannen und Töpfen herum, wie es nur ein Mann tun konnte, der langjährige Übung darin hatte. Lexfield war nicht wie Poiccart, der häusliche Arbeiten fast mit der stillen Freude eines Künstlers erledigte. Lexfield tat jeden Handgriff automatisch, redete fast ununterbrochen, schüttete achtlos Kaffee neben den Topf, knallte das Geschirr auf den Tisch, daß es nur so schepperte, und ließ sämtliche Türen und Schubladen der Kücheneinrichtung offenstehen. Trotzdem brachte er ein ausgezeichnet schmeckendes Frühstück zusammen, und Manfred erfuhr währenddessen von ihm so viel über sein Privatleben, daß ihm im Geiste das Notizpapier ausging, noch bevor Lexfield fertig war.

Er log nach Strich und Faden; erzählte von Verwandten, die in Schottland ein altes Schloß bewohnten, von einer

Ranch in Australien, die fast so groß war wie East Anglia, von Besitztümern in Europa und von einer Yacht, die im Hafen von Ibiza vor Anker lag. Er zeigte Manfred sogar eine Karte, die ihn als Ehrenmitglied eines bekannten Londoner Rudervereins auswies, eine Mitgliedskarte eines exklusiven Golfclubs und ein Foto, das ihn mit einem italienischen Prinzen zeigte, Arm in Arm auf der Insel Capri.

»Sehen Sie, mein Freund, ich habe mir schon als Zwanzigjähriger Gedanken darüber gemacht, wie ich mein Leben gestalten könnte, ohne harter Arbeit nachzugehen, mir familiäre Verpflichtungen oder Verantwortung aufzuhalsen.« Lexfield hieb Manfred auf die Schulter. »Mein Leben ist das eines Königs und das eines Bettlers, mein lieber Henry. Ich bin reich und arm, ich habe tausend Freunde und tausend Feinde, ich bin mal hier und mal dort, und solange mir Lucy nicht in die Quere kommt, bin ich der glücklichste Mensch auf dieser Erde. Auf jeden Fall, mein Freund, möchte ich mit niemandem tauschen.«

»Das glaube ich Ihnen gern«, sagte Manfred, der sich Mühe gegeben hatte, Lexfield nicht ein einziges Mal zu unterbrechen.

»Und nun, mein Freund, erzählen Sie mir doch etwas von sich. Oder lassen Sie mich raten«, Lexfield lachte. »Ich bin ein begnadeter Menschenkenner, Henry.« Lexfield tupfte sich mit einer Serviette die Lippen sauber und musterte Manfred mit seinen leuchtenden blauen Augen, die schon so manchen Frauen zum Verhängnis geworden waren.

»Sie sind kein Angestellter«, sagte Lexfield nach einer Weile. »Sie sind aber auch kein Geschäftsmann. Ich meine, Sie sind kein Ladenbesitzer und kein Fabrikant, nicht wahr?«

Manfred lächelte. »Sie werden nie darauf kommen, Gary«, sagte er.

»Meinen Sie? Nun, dann sage ich Ihnen auf den Kopf

zu, daß ich Sie für einen Mann halte, dem es ebenfalls gelungen ist, dem Leben alles Gute abzugewinnen. Sie sind unverheiratet und ein Herzensbrecher. Ich bin zum Beispiel sicher, daß Mr. Smith hier nicht ihr Hund ist, sondern der Liebling einer hübschen jungen Dame, die Sie mir hoffentlich nicht ewig vorenthalten wollen.«

Manfred merkte, wie ihm von innen her heiß wurde. Er verzog sein Gesicht zu einem listigen Grinsen.

»Ziemlich gut für den Anfang«, sagte er. »Aber ich muß Sie enttäuschen, Gary, ich habe tatsächlich einen Beruf, den ich gern ausführe.«

»Sie sind Makler! Grundstücke? Wertpapiere?« Lexfield lachte auf. »Nicht wahr, ich habe recht?«

Und Manfred nickte. »Aufs Haar, Gary. Ich bewundere Ihre Fähigkeit, Menschen einzuschätzen.«

Lexfield hieb Manfred wieder auf die Schulter. »Übung, mein Freund. Ich bin in der ganzen Welt herumgekommen. Bis auf Amerika. Süd- und Nordamerika. Aber meine Pläne sind dementsprechend, Henry. Ich glaube, den nächsten Winter werde ich in Mexiko verbringen. Oder auf den Bahamas.«

»Sie sind zu beneiden.« Manfred trank seinen Kaffee, und so, als hätte Mr. Smith nur darauf gewartet, zog er an der dünnen roten Leine, mit der ihn Manfred am Tischbein festgebunden hatte.

»Well, Mr. Smith hat das Bedürfnis, noch eine Runde zu marschieren, Gary. Es war nett, Sie kennenzulernen.«

»Was ich von mir nicht unbedingt behaupten kann«, lachte Lexfield und hakte sich bei Manfred ein. »Der Flug über den Zaun hat mir die ganze Nacht zu schaffen gemacht. Wollen Sie mal sehen? Hier! Schauen Sie her, mein Freund! Sieht nicht gerade schön aus, nicht?« Er hob den Morgenmantel und zeigte Manfred schamlos einen großen dunklen Bluterguß hoch am linken Oberschenkel und an der Backe.

»Tun Sie Salbe drauf«, sagte Manfred, lächelte und ließ sich von ihm hinausbegleiten. »Und kommen Sie mal vorbei. Denken Sie daran. Babmaes Street achtunddreißig.«

»Dazu werde ich in den nächsten Tagen kaum kommen, Henry.« Lexfield schmunzelte. »London liegt mir zu Füßen. Ich bin erst seit einigen Tagen wieder in England, und da gibt es viel Neues zu entdecken. Heute abend zum Beispiel werde ich mein Glück bei einem Gala-Dinner zu Ehren von Sir Arthur und Lady Arthur im großen Saal des Ritz-Carlton versuchen. Drücken Sie mir mal schön die Daumen, Henry.«

Manfred versprach ihm, genau dies zu tun, ließ sich noch einmal kameradschaftlich auf die Schulter hauen und folgte dann Mr. Smith die Treppe hinunter. Er war eigentlich recht froh, daß er wieder aus dem Haus heraus war. Länger hätte er Gary Lexfield und seine überwältigende Art nicht mehr ertragen können. Er ging die Straße hinunter und vergewisserte sich, daß es in der Babmaes Street keine Nummer 38 gab. Falls Lexfield doch auf die Idee gekommen wäre, ihm einen Besuch abzustatten, hätte er das Haus nicht gefunden und wahrscheinlich gedacht, die Hausnummer falsch verstanden zu haben.

Leon Gonsalez arrangierte es, daß für Miß Velasquez kurzfristig eine Einladung zum Gala-Dinner im Ritz-Carlton ausgestellt wurde. Leon hatte eben einflußreiche Freunde, und wenn es vonnöten war, konnte er auf die meisten von ihnen zählen.

Wie Gary Lexfield zu seiner Einladung gekommen war, wußte niemand. Aber er traf pünktlich um acht Uhr am Abend im Ritz-Carlton ein, in einem gemieteten Rolls-Royce und mit Chauffeur. Seine Visitenkarte, die er dem Portier zusammen mit einer Banknote überreichte, trug außer seinem Namen nur noch eine Adresse in St. Moritz.

»Die Winteradresse«, pflegte Gary Lexfield scherzend zu sagen, wenn ihn jemand danach fragte.

Im großen Saal des Ritz-Carlton, der im Glanz mächtiger Kronleuchter erstrahlte, waren die Tische wunderbar gedeckt und geschmückt. Schwarz gekleidete Ober servierten Champagner und winzig kleine Sandwiches. Auf einer Anrichte reihten sich die Vorspeisen: Frischer Lachs, Kaviar und andere Spezialitäten, vom Küchenchef persönlich auf den silbernen Tabletts hergerichtet. Unterhaltungen wurden leise geführt, jeder neue Gast von einem livrierten Diener am Portal angesagt.

»Mr. und Mrs. Joseph Faragher jr.« sagte der Mann beim Portal, und jeder im Raum kannte den Londoner Börsenmakler Faragher jr. und seine Frau Gemahlin, die ein weitausgeschnittenes, nachtblaues Seidenkleid trug, schwarze spanische Spitzen aus Madrid, Frisur von Armand Racine und Make-up von Daniel Botkin. Die beiden erregten verhaltenes Aufsehen.

Nach ihnen wurde Miß Velasquez angesagt, und Gary Lexfield, der an einer Säule lehnte und die Lage prüfte, verschluckte sich beinahe an seinem Champagner, als er die Dame sah. Er registrierte sofort, daß sie nicht in Begleitung war.

Dolores Velasquez. Ein sonnengebräuntes Wunder der Natur. Gary Lexfield setzte sein bestes Gesicht auf, leicht blasiert, leicht interessiert, und ihre Blicke trafen sich zwischen anderen Leuten hindurch, Blicke, die sich wie die Klingen feuriger Schwerter kreuzten. Eine ihrer dünnen, leicht geschwungenen und sorgfältig nachgezogenen Brauen hob sich etwas, dann wandte sie ihm den Rücken zu. Aber was für ein Rücken war das! Makellose Haut, über die schwarze Korkenzieherlocken herunterhingen, schimmerte aus dem tiefen Rückendekolleté. Ihr Kleid war von tiefstem Schwarz, glitzernd, mit dünnen Trägern und einem Seitenschlitz. Gary Lexfield folgte ihr mit den Augen, bewunderte ihren Gang, ihre leichten, graziösen und doch so schwungvollen Bewegungen. Sie nahm ein Glas von einem Tablett, sah sich um und schien niemanden im Saal zu entdecken, mit dem sie hätte anstoßen können. Da hob Gary Lexfield, noch immer an der Säule lehnend, lässig sein Glas, und für Sekunden huschte ein Lächeln über ihre dunkelroten, glänzenden Lippen. Sie hob ihr Glas kaum merklich, nippte am Champagner und wurde von einem anderen Gast angesprochen.

Gary Lexfield ließ kein Auge mehr von ihr, und er wünschte sehnlichst, sie wären am gleichen Tisch plaziert gewesen. Aber es stellte sich heraus, daß Miß Velasquez an dem Tisch Platz nahm, an dem auch Mr. und Mrs. Faragher saßen, und Gary Lexfield blieb nichts anderes übrig, als sich zu zwei ältlichen Damen zu quetschen, die beide einige Stränge echter Perlen um ihre dünnen Faltenhälse gewickelt hatten und zwischen achtzig und hundert Jahren alt sein mußten. Älter bestimmt nicht.

Ab und zu aber, während des Essens, trafen sich die Blicke von Gary Lexfield und Dolores Velasquez kurz, und als die Kapelle zum Tanz aufspielte, erhob sich Gary, knöpfte sein Jackett zu und entschuldigte sich bei seinen Tischnachbarinnen. Er kam gerade noch rechtzeitig, Miß Velasquez zum Tanz zu bitten.

Sie zögerte nur einen winzigen Augenblick, dann erhob sie sich, überließ ihm ihren Arm, und er führte sie in die Mitte der großen Tanzfläche.

Es fiel Gary Lexfield niemals schwer, mit einer hübschen Frau eine Unterhaltung anzufangen. Manchmal genügte ein scherzhaftes Wort, das Eis zu brechen. Manchmal erforderte es die Situation, nach alten, wohlbewährten Regeln vorzugehen. Bei Dolores Velasquez hielt es Lexfield für angebracht, einen lockeren Spruch zu tun. Er führte sie sanft, betäubt von ihrem Parfüm, und sagte mit samtener Stimme: »Zum Glück hat man Sie eingeladen, Madam.«

Sie drehte den Kopf etwas und blickte ihn von unten herauf mit ihren großen dunklen Augen fragend an.

»Sonst hätten Sie mich womöglich niemals kennengelernt, Madam«, lächelte er. »Mein Name ist Lexfield. Gary Lexfield.« Er verstärkte den Druck seiner Hand etwas, und sie gab ihm nach. »Ich halte mich für einen der besten Tänzer Londons, und das sage ich Ihnen lieber gleich, damit sie nicht auf die Idee kommen, den nächsten Walzer einem der anderen Herren zu versprechen, die zweifellos nur auf eine Gelegenheit warten.«

»Die meisten Herren sind in Begleitung, Mr. Lexfield«, sagte Miß Velasquez. »Dies scheint eigentlich ein Abend für Ehepaare zu sein.«

»Wenn Sir Arthur und seine Lady rufen, kommen die braven Leute der besseren Gesellschaft in Scharen, Madam. Es ist eher ein Zufall, daß wir uns hier treffen. Normalerweise nehme ich Einladungen zu solchen Gala-Abenden nicht an.« Lexfield war jetzt in seinem Element. Er machte ihr Komplimente, erzählte ihr von London, streute immer wieder eigene Erlebnisse und Abenteuer aus aller Welt ein, und schon bald, nach einigen Tänzen, saßen sie zusammen an einem Tisch.

Gary Lexfield sah sich nicht getäuscht. Dolores Velasquez war eine sehr anziehende Dame, und ihr leicht gebrochenes Englisch erhöhte noch den Reiz der Unterhaltung. Sie schien über Mr. Lexfields Bekanntschaft erfreut zu sein, denn sie befand sich allein in London, geschäftlich. Ihr Diener würde später nachkommen, erzählte sie ihm, und auf die Frage, welcher Natur denn ihre Geschäfte wären, lächelte sie ihr unergründliches Lächeln und sagte, daß ihr Vater in Brasilien Investitions-Pläne entwickelt hätte.

Gary Lexfield tanzte mehr als ein dutzendmal mit ihr und bat um die Erlaubnis, sie am nächsten Tag aufsuchen zu dürfen.

»Das geht leider nicht, Mr. Lexfield«, erwiderte sie. »Ich werde morgen schon in aller Frühe nach Seaton Deverel reisen, wo ich Freunde besuchen werde.«

Nun, da war nichts zu machen. Aber Gary Lexfield ließ die Gelegenheit nicht aus, sie für den nächsten Samstag zu einer Fahrt nach Wimbledon einzuladen, und zu seiner Freude sagte sie zu.

Als Inspektor Philander Dearborn mit einem Strauß weißer Astern, den im übrigen wiederum Poiccart besorgt hatte, im Ambassador erschien, erklärte man ihm schon an der Rezeption, daß Miß Velasquez abgereist war.

»Abgereist?« Dearborn stand wie ein begossener Pudel in der Hotelhalle und starrte den Empfangschef ungläubig an. »Wissen Sie zufällig, ob Miß Velasquez nur das Hotel gewechselt hat oder ob sie in ihr Heimatland zurückgereist ist?«

»Ich bin leider nicht berechtigt, Ihnen derartige Auskünfte zu geben, mein Herr«, sagte der Empfangschef, aber da knallte ihm Dearborn den Blumenstrauß auf den Schaltertisch und zückte seinen Ausweis.

»Sie wurde heute morgen hier von einem Herrn abgeholt«, beeilte sich der Empfangschef zu sagen.

»Von welchem Herrn?«

»Er hat seinen Namen nicht genannt, Sir.«

Philander Dearborn kniff seine Schlangenaugen etwas zusammen. »Hat er vielleicht so ausgesehen?« fragte er und gab eine Beschreibung ab, die auf Manfred paßte, ihm aber keinesfalls schmeichelte.

»Nein, dieser Herr hat anders ausgesehen. Groß, schlank und blond. Tut mir leid, Inspektor.«

»Haben Sie gesehen, ob er mit dem Taxi vorfuhr oder mit einem Privatwagen?«

»Mit einem Rolls-Royce. Von einem Chauffeur gefahren, Sir.«

Dearborn seufzte, empfahl dem Empfangschef, die Astern bald ins Wasser zu stellen, und stürmte aus dem Hotel. In der Kneipe an der Ecke trank er einen Scotch, dann ging er in den Green Park, setzte sich auf eine Bank und schaute zu, wie eine alte Frau Spatzen fütterte. Es war ein herrlicher Tag. Die Sonne schien, und die Luft war klar. Bunte Herbstblätter tanzten im Wind. Philander Dearborn hatte keinen Blick dafür. Irgendwann stand er auf, ging zur nächsten Telefonkabine und versuchte, Manfred zu erreichen. Er kriegte Leon Gonsalez ans Telefon.

»Dolores ist ausgezogen«, knurrte er gereizt. »Von einer Minute auf die andere. Glauben Sie, daß ich versuchen sollte, ihren Aufenthaltsort ausfindig zu machen, Gonsalez?«

»Davon, Verehrtester, möchte ich Ihnen in aller Freundschaft abraten. Miß Velasquez hätte sich bestimmt gemeldet, wenn ihr an einem Fortbestand der Beziehung liegen würde.«

»Gonsalez, ich werde den Verdacht nicht los, daß Ihr Partner Manfred seine Finger im Spiel hat. Und sollte ich herausfinden, daß dem so ist, dann werde ich ihm persönlich eine Aufwartung machen, bei der er sich wünscht, er könnte sich unter der Bettdecke verkriechen. Ist das klar?«

»Vollkommen.«

»Also.« Dearborn schnaubte in den Hörer. »Ein mieser Tag ist das heute. Mit dem Fall Roylance komme ich auch nicht weiter.«

»Machen Sie doch mal Herbsturlaub in Schottland, Dearborn. Das würde Ihnen bestimmt guttun.«

»Davon bin ich überzeugt«, gab Dearborn zurück, wünschte Gonsalez ein schönes Wochenende und hängte auf. Er ging zurück zum Ambassador, kletterte in seinen Dienstwagen und fuhr ins Revier. Dort lag eine Nachricht, die Roos hinterlassen hatte. »Frank möchte in den Zoo«, stand auf einem Zettel. Dann eine Telefonnummer.

Frank war sein Sohn. Fünf Jahre alt. Natürlich wollte er in den Zoo. Der wollte jeden Tag in den Zoo. Er rief an. Seine Ehefrau, von der er getrennt lebte, nahm ab.

»Hallo«, sagte sie.

»Hallo«, sagte er. »Was ist mit Frank?«

»Nichts ist mit Frank. Was soll mit Frank sein?«

Dearborn seufzte und legte auf. Anscheinend hatte Frank wieder einmal heimlich telefoniert, um seine Mutter zu ärgern.

Natürlich wußte Leon Gonsalez, wohin Miß Velasquez umgezogen war. Um Lexfield mit seinen eigenen Waffen zu schlagen, hatte sie die Suite im Ambassador mit einem Herrschaftshaus in Seaton Deverel vertauscht, dem alten Hanford-Haus.

Das Haus war vollkommen eingerichtet, seit einem Jahr aber unbewohnt. Ein älteres Ehepaar sorgte dafür, daß die Möbel nicht verstaubten, die Fenster geputzt wurden und die Gartenanlage in Ordnung gehalten wurde.

Leon Gonsalez hatte Claro May zu diesem Haus verholfen. Ein Telefonanruf hatte genügt, und Claro May konnte am gleichen Tag einziehen. Sie wartete zwei Tage, bevor sie Lexfield anrief und ihm sagte, daß sie umgezogen war.

»Ist das eine Einladung, oder wollten Sie mir nur eine Fahrt in die Innenstadt ersparen?« fragte er lachend zurück. »Seaton Deverel; eine vornehme Gegend. Ich dachte auch schon daran, mich dort draußen niederzulassen, aber die Stadtwohnung ist mir doch geschäftlich von großem Nutzen.« Er hüstelte. »Außerdem habe ich schon einen Landsitz außerhalb Londons.« Er hörte sie atmen. Sekunden verstrichen. »Wann sehen wir uns?« fragte er dann mit rauher Stimme. Sie lachte leise. »Wie abgemacht«, sagte sie. »Am Samstag. Ich freue mich auf Wimbledon.«

»Spielen Sie Tennis?«

»Nicht sehr gut. Meine Rückhand läßt zu wünschen übrig.«

»Gut. Sie brauchen einen Tennislehrer, und ich kenne den besten, den es gibt.«

»Gary Lexfield?« fragte sie lachend.

»Erraten«, sagte er ernst. Wieder schwiegen beide. Er kannte das Spiel. Er kannte die Regeln, wußte, was passieren würde. Sie seufzte leise. »Also, dann«, sagte sie. »Wiedersehen.«

Aber sie hängte nicht auf. Fast eine Minute verging. Dann lachte sie. »Warum hängen Sie nicht auf?«

»Sie haben sich verabschiedet, nicht wahr?« gab er zurück.

»Ich dachte, Sie wollten mir noch etwas sagen.«

»Well, eigentlich . . .« er brach ab.

»Sagen Sie es!« forderte sie ihn auf.

»Es ist nichts Wichtiges.«

»Trotzdem.«

»Ich wünschte, wir könnten uns früher sehen.«

Sie schwieg und er grinste. Es war genauso wie immer. »Können wir uns nicht früher sehen?« wiederholte er.

»Warum? Es ist Donnerstag. Wir sehen uns in zwei Tagen.«

»Zwei Tage sind eine Ewigkeit«, sagte er sanft.

Sie sagte nichts. Lange blieb es still.

»Wenn Sie wollen, können wir uns in der Stadt treffen«, schlug sie plötzlich vor.

»Im Cecil?«

»Um acht?«

»Um acht.«

»Abgemacht.«

»Abgemacht.«

»Dann legen Sie jetzt bitte auf . . . Dolores.«

»Gut, ich lege jetzt auf.«

»Bitte.«

Sie hängte nicht auf. Er lachte, und sie lachte auch.

»Dann legen wir miteinander auf. Ich zähle bis drei.«

»Das ist ziemlich kindisch.«

»Ja, das stimmt. Trotzdem. Eins . . . zwei . . . drei . . .«

Sie hängten beide nicht auf. Gary Lexfield grinste in sich hinein. Jetzt hatte er sie genau dort, wo er sie haben wollte. Und sie war ihm ausgeliefert, ohne daß sie es wußte. Das glaubte er wenigstens, und er glaubte es, weil er sie nicht sehen konnte. Sie saß auf einem Polsterstuhl, die Beine übereinandergeschlagen, und blies leicht gegen die frischlackierten Nägel, während sie den Hörer zwischen Schulter und Kopf eingeklemmt hatte. Und Manfred kauerte beim Kamin und versuchte, ein Feuer zu entfachen. Manchmal blinzelte er herüber, und sie blinzelte zurück.

»Dolores?«

»Ja?«

»Bist du noch dran?«

»Ja.«

»Wenn das so weitergeht, verpassen wir unser Rendezvous.«

»Dann hängen wir jetzt auf ... Gary.«

»Ist das ein Versprechen?«

»Ja.«

»Gut.«

»Also. Wir legen miteinander auf. Eins ... zwei ... drei ...« Er legte auf, lehnte sich zurück und verschränkte die Arme hinter dem Kopf. Es war alles so gelaufen, wie er es sich vorgestellt hatte, und sogar schneller.

Draußen im Hanford-Haus brannte endlich das Feuer, und Manfred setzte sich in den zweiten Polsterstuhl.

»Hat er aufgelegt?«

Sie nickte. »Er hat angebissen.«

Manfred fuhr sich mit den gespreizten Fingern durch das Haar und seufzte. »Jeder würde anbeißen«, sagte er.

Sie lachte und ließ den Hörer herunterfallen.

»Lexfield genügt mir, Mr. Manfred. Er glaubt, daß ich ihm auf den Leim gekrochen bin. Aber diesmal geht das Spiel anders aus, Mr. Lexfield. Ich bin nicht Elsa.«

Manfred wunderte sich über den scharfen Klang ihrer Stimme. Und ihr Gesicht änderte in diesem Moment den Ausdruck. Sie haßte Lexfield, und Manfred konnte das gut verstehen. Trotzdem machte sie sich bereit, um ihn noch heute abend in London zu treffen . . .

7. Kapitel
Der Diamantenring

Eine Woche lang rannte Inspektor Dearborn Amok, dann hatte er herausgefunden, wo sich Miß Velasquez aufhielt und mit wem sie sich fast täglich traf. Er fuhr sofort in die Curzon Street und stürmte buchstäblich das kleine Haus, über dessen Eingangstür das Silberne Dreieck angebracht war.

Poiccart, immer darauf bedacht, die Etikette zu wahren, wurde von Dearborn fast über den Haufen gerannt, als er ihn mit einer Verbeugung zum Eintreten aufforderte.

»Manfred«, schnarrte der Inspektor. »Wo ist Manfred?«

Er hatte einen Ausdruck in seinen sonst so kalten Augen, als wäre er gewillt, die halbe Menschheit auszurotten.

»Darf ich Sie in den Salon geleiten?« sagte Poiccart und versuchte, ruhig zu bleiben. »Mr. Manfred ist bei der Morgentoilette.«

»Es ist fast Mittag!« stieß Dearborn hervor und stürmte die Treppe hoch. Im Salon saß Leon Gonsalez und las im *Daily Megaphon* einen Bericht über die britische Finanzpolitik im Verhältnis zu derjenigen von Ländern auf dem europäischen Festland.

»Ziemlich trübe Zukunftsaussichten, wenn das mit der Wirtschaft so weitergeht«, sagte er, als Dearborn hereinstürzte. »Sagen Sie mal, Verehrtester, wenn die Regierung mit den Sparmaßnahmen so weitermacht, verlieren Sie vielleicht sogar ihre vermeintlich sichere Anstellung bei Scotland Yard.«

»Meinen Job wird mir keiner nehmen, Gonsalez!« gab

Dearborn zurück. »Solange das Verbrechen nicht ausstirbt, braucht man mich.«

Leon hob sein Glas Apfelsaft.

»Auf das Verbrechen«, sagte er lächelnd und trank. »Ausgezeichneter Apfelsaft, Dearborn. Frisch aus dem Faß. Kann ich Ihnen nur empfehlen.«

»Ich bin wegen Manfred gekommen«, gab Dearborn grimmig zurück. »Ich habe ihn gewarnt, zum Teufel. Ich habe ihm deutlich zu verstehen gegeben, daß er die Finger aus der Sache raushalten soll.«

»Aus welcher Sache?« fragte Leon so harmlos wie möglich.

»Aus der Sache mit Dolores! Ich meine natürlich Miß Velasquez.«

»Was ist passiert?«

»Sie wissen genau, was passiert ist, Gonsalez. Ich sehe es Ihnen an. Ihre Augen verraten Sie.«

»Nun, ich weiß nur, daß Miß Velasquez umgezogen ist und damit einen Inspektor von Scotland Yard ziemlich verärgert hat.«

»Sie wohnt draußen in Seaton Deverel im alten Hanford-Haus. Und ich ließ mir sagen, daß Sie ihr dazu verholfen haben, Gonsalez.«

»Well, ich dachte, ich könnte ihr ein bißchen behilflich sein, zumal sie hier in London fremd ist und sich nicht besonders gut auskennt.«

Dearborn schüttelte den Kopf. »Sie sollten lieber nicht versuchen, mir etwas vorzumachen«, sagte er hart. »Ich weiß Bescheid. Ich weiß, daß die Hintergründe für diesen Umzug andere sind, als man vorgibt. Deshalb frage ich nicht einmal, warum Miß Velasquez umgezogen ist.«

»Sie liebt die Landschaft dort draußen«, sagte Manfred von der Tür her. Er war aus seinem Zimmer gekommen und hatte die letzten Worte des Inspektors gehört. »Dolores ist kein Stadtmensch, Inspektor.«

Dearborn fuhr herum und starrte Manfred mit gebleckten Zähnen an. »Und wie wollen Sie mir erklären, daß eine Dame von ihrem Rang Gefallen an einem windigen Hochstapler wie Gary Lexfield gefunden hat, zum Teufel? Nein, Manfred, sparen Sie sich den Atem. Sagen Sie mir lieber, worum es geht, sonst . . .«

»Sonst?« unterbrach ihn Manfred lächelnd.

»Sonst lasse ich Lexfield festnehmen«, fuhr Inspektor Dearborn kühl fort. Manfred wurde sichtbar blaß, und für einen Moment wich er dem Blick der kleinen Augen des Inspektors aus. Dann lachte er auf.

»Na, wer will denn unbedingt ein Spielverderber sei, Inspektor.« Er kam von der Tür herüber. »Trinken Sie einen Apfelsaft mit?«

»Nein!«

»Oh. Nun, Verehrtester, da Sie schon herausgekriegt haben, wem Miß Velasquez' Interesse gilt, werde ich nicht länger zögern, Sie über den Fall aufzuklären.«

Jetzt grinste Dearborn und nahm auf dem Chesterfield Platz. »Das ist vernünftig, mein Freund«, sagte er. »Und lassen Sie sich gesagt sein, wenn ich Sie bei einer Lüge ertappe, werden Sie wünschen, mir niemals begegnet zu sein.«

Manfred hob die Brauen und blickte Leon vielsagend an. Dieser grinste breit über den Zeitungsrand hinweg.

Gary Lexfield war natürlich ein viel zu erfahrener Mann, um nicht bemerkt zu haben, daß die Polizei ihn beobachtete. Aber seine Verbrechen gehörten zu jenen, die sich in den seltensten Fällen nachweisen lassen. Seine angenehmen Manieren, seine Beziehungen in London, seine Mitgliedschaft bei mehreren exklusiven Clubs in der Stadt und die Furcht der Leute aus der besseren Gesellschaft vor peinlichen Enthüllungen, falls Lexfield in die Enge getrieben würde, verhalfen ihm zu einem Freiraum, in dem er sich geradezu ungeniert entfalten konnte.

Trotzdem schien es ihm, als hätte man es diesmal richtig auf ihn abgesehen. Er hatte nämlich herausgefunden, daß der Mann, der sich als Nachbar ausgegeben hatte, George Henry, nicht in der von ihm angegebenen Adresse wohnte. Lexfield hielt ihn deshalb für einen Beamten von Scotland Yard, zumal er sich laufend beobachtet fühlte. Er begann krampfhaft nach einem Fehler in seiner Vergangenheit zu suchen, für den man ihn hier in England hätte hochnehmen können, fand aber keinen. Sein Paß war in Ordnung. Seine Steuern bezahlt. Seine Adresse war respektabel.

Eigentlich hatte er nichts zu befürchten, es sei denn, irgend etwas stimmte draußen in Maple Hill nicht. Dieser Gedanke machte ihn unruhig. War den Leuten vom Dorf irgend etwas aufgefallen? Hatten sie Verdacht geschöpft? Oder war vielleicht Monk ein Fehler unterlaufen? Monk!

Es gab kein Telefon dort draußen. Die einzige Möglichkeit, sich mit Monk in Verbindung zu setzen, war, nach Maple Hill hinauszufahren. Aber Lexfield hatte an diesem Tag eine äußerst wichtige Verabredung. Er wollte sich zum Mittagessen mit Dolores Velasquez treffen, um gemeinsame geschäftliche Pläne zu besprechen. Seit Tagen hatte er alles systematisch vorbereitet. Er hatte ganz sachte angefangen, Dolores über ihre finanziellen Verhältnisse auszufragen, und ohne daß sie Verdacht schöpfte, gab sie ihm immer bereitwilliger Auskunft. Sie war reich. Ihre Familie zumindest schien über ein riesiges Vermögen zu verfügen, von dem Dolores einen Teil hier in England investieren sollte. Sie war so lange vorsichtig in ihren Äußerungen, bis er ihr Vertrauen gewonnen hatte. Und jetzt noch hatte sie Bedenken, sich privat und geschäftlich mit ihm zusammenzutun. Diese Bedenken wollte er heute aus dem Weg räumen.

Aber der Gedanke, daß draußen in Maple Hill etwas nicht stimmte, ließ ihn nicht mehr zur Ruhe kommen. Und so rief er Dolores gegen zehn Uhr am Morgen an. Vielleicht war es sogar besser, wenn er den Termin auf morgen verlegte. Dies würde ihr zeigen, daß er gründlich überlegte, ehe er sein »eigenes Vermögen« investierte.

Es war nicht Dolores, die abhob.

Eine näselnde Stimme mit hartem Akzent meldete sich. »Velasquez-Residenz, Walter am Apparat.«

»Walter?« fragte Lexfield überrascht.

»Der Diener, Sir«, sagte Walter. »Ich bin gestern abend hier angekommen.«

»Oh, natürlich, Madam hat mir gesagt, daß sie Sie erwartet.« Lexfield lachte. »Na, willkommen in Großbritannien, mein Lieber. Ich bin Gary Lexfield.«

»Erfreut«, sagte die Stimme kühl.

»Well, Walter, verbinden Sie mich bitte mit Madam. Es ist dringend.«

»Sehr wohl, Sir.«

Es klickte in der Leitung. Dann meldete sich Dolores. Ihre Stimme war erfrischend. »Mein lieber Gary, wir sehen uns doch am Mittag, nicht wahr«, sagte sie.

»Deswegen rufe ich an, mein Liebling«, gab er zurück.

»Es ist doch nicht etwas dazwischengekommen?«

»Nichts Schlimmes, mein Liebling. Und doch erfordert es die Sachlage, daß ich mich selbst darum kümmere. Eine Angelegenheit, die keinen Aufschub duldet, verstehst du. Bist du mir böse, wenn wir unser Rendezvous auf morgen mittag verschieben?«

»Ein bißchen enttäuscht bin ich schon, Gary«, sagte sie. »Ich bin schon dabei, mich herzurichten.«

»Dann fahr doch bitte in die Stadt und vertreibe dir die Zeit mit einem Einkaufsbummel. Die neue Herbstmode ist bezaubernd.«

»Das ist eine hervorragende Idee, Gary«, sagte sie. »Vielleicht werde ich mir dies oder das kaufen. Und vielleicht finde ich auch etwas für dich, mein Geliebter.«

Gary grinste. Sollte sie nur von ihrem Geld ausgeben. Er

versprach ihr, am Abend noch einmal anzurufen. Danach dauerte das alte Spiel mit dem Auflegen und Nichtauflegen wieder über fünf Minuten, aber schließlich war Gary Lexfield mehr denn je davon überzeugt, daß ihm Dolores Velasquez auf Gedeih und Verderb ergeben war.

Monk hockte auf einem der Steinsärge. Zwei Wochen waren vergangen, seit ihm sein Herr den Auftrag gegeben hatte, Elsa Monarty umzubringen. Zwei lange, quälende Wochen.

Monk hatte kaum etwas gegessen. Er fühlte sich elend und schwach. Manchmal schien es, als ob in seinem Kopf alles durcheinandergehen würde, und dann wußte er nicht mehr, wer er war und wo er sich befand. Dann war alles besonders schlimm, und er kroch in den hintersten Winkel der Gruft, dort, wo Kettenringe in die Mauer eingepflastert waren.

Hier machte er sich so klein er nur konnte, und jedesmal, wenn er die Stimme hörte, fuhr er noch mehr zusammen.

Die Stimme kam aus einem Loch im Boden, das mit einer Falltür verschlossen war, und es war die Stimme einer Toten.

Monk hockte auf dem Steinsarg. Er fühlte sich etwas besser an diesem Morgen. In seinem Kopf ging nichts durcheinander. Deshalb hörte er das Motorengeräusch, lange bevor das Auto unten am Fuße des Maple Hill über die schmale Holzbrücke fuhr.

Monk beeilte sich, nach oben zu kommen.

Alle Fensterläden waren zu. Nirgendwo brannte ein Licht. Er stellte sich auf den Schemel unter einem der kleinen runden Fenster im Hausflur. Das Auto, das die schmale Straße hochkam, war ein Rolls-Royce.

Monk wurde aufgeregt. Er sprang vom Schemel und fing an, die Fensterläden aufzumachen. In der Halle zündete er das Licht an, und dann öffnete er die beiden großen Türflügel, um die Sonne und die frische Herbstluft hereinzulassen. Vor der Tür stand eine Kiste mit Lebensmitteln. Der Händler im Dorf brachte einmal die Woche immer die gleichen Lebensmittel hoch. Gedörrte Erbsen, Büchsengemüse, gepökelter Speck, Kartoffeln, zwei Kastenbrote, doppelt gebacken.

Monk kam nicht mehr dazu, die Kiste in die Küche zu schleppen. Leise fuhr der Rolls-Royce vor und hielt vor dem Portal. Gary Lexfield stieg aus. Er war sportlich gekleidet, in Tennishose und Sporthemd, mit einem weißen, ärmellosen Pullover und einer beigen Schildmütze. Außerdem trug er eine dunkle Sonnenbrille.

»Na, mein Freund, habe ich dich aus deiner Ruhe gestört?« fragte Gary Lexfield und sah sich schnell nach irgend etwas Verdächtigem um. Aber alles war so wie sonst, die Maulbeerhecke frisch gestutzt, die Herbstblätter auf dem Rasen zu zwei großen Haufen aufgerecht.

»Komm, ich trage dir die Kiste in die Küche«, sagte Lexfield und nahm Monk die Kiste ab. In der Küche war alles sorgfältig aufgeräumt, und es roch eigentlich nach gar nichts.

»Sag mal, ißt du denn überhaupt nichts, Monk? Du siehst nicht gerade gut aus, hörst du.«

Monk duckte sich etwas. Er fühlte sich bestimmt nicht besser, als er aussah. Aber er sagte seinem Herrn nichts davon. Er sagte ihm nichts von der Gruft und der Falltür, nichts von seinem Durcheinander im Kopf und von der Stimme der Toten.

»Komm, wir machen uns Mittagessen«, sagte Lexfield. »Hier, Büchsenbohnen, Kartoffeln und Speck. Ist das was oder nicht?« Er lachte und legte Monk kameradschaftlich einen Arm über den buckligen Rücken.

»Sag mal, ist in den letzten vierzehn Tagen hier irgend etwas Außergewöhnliches passiert?«

Monk schüttelte den Kopf. Das eine Auge starrte zu Boden.

»Niemand vorbeigekommen?« fragte Lexfield.

Wieder verneinte Monk. Er löste sich von Lexfield und begann die Lebensmittel einzuräumen. Lexfield setzte sich auf das Fensterbrett. Er beobachtete Monk. Monk blickte nie auf.

»Ist was, Monk?« fragte Lexfield nach einer Weile. »Ist was passiert?«

Monk zuckte zusammen, als hätte er nach ihm geschlagen.

»Nein«, sagte er nach kurzem Zögern. »Nein! Nein! Nein!«

»Es genügt, wenn du einmal nein sagst, Monk.«

»Nein.«

»Gut.«

Lexfield zündete eine Zigarette an. Er ließ dabei Monk nicht aus den Augen.

»Hast du meinen Auftrag erledigt?« fragte er plötzlich mit Schärfe. Monk fuhr herum. Das eine Auge zwischen den knorpeligen Wülsten blitzte auf.

»Ja!« stieß er hervor. »Ja! Ja! Ja!«

»Es genügt, wenn du einmal ja sagst, Monk!« ermahnte ihn Lexfield. »Hast du die Frau umgebracht?«

»Ja!«

»Und verschwinden lassen?«

»Ja.«

»Hast du den Ring?«

Monk nickte. Er kramte in seiner Tasche herum und brachte den Ring zum Vorschein, den er Elsa Monarty abgenommen hatte. Das Sonnenlicht, das durch das Küchenfenster fiel, entflammte den Diamanten, als Monk seinem Herrn den Ring entgegenstreckte.

Lexfield griff mit spitzen Fingern danach, hob ihn hoch und ließ sich vom Feuer des Diamanten blenden. »Ein herrliches Stück«, schwärmte er. »Dolores wird sich sehr darüber freuen, Monk.«

Monk hob neugierig den Kopf.

»Ja, mein Lieber, Dolores Velasquez hat mein Herz entflammt. Sie ist eine wunderbare und sehr reiche Frau. Und sie kommt aus Brasilien.« Lexfield steckte sich den Ring an den kleinen Finger und betrachtete ihn von allen Seiten. »Bald werde ich mit Dolores hierher kommen, Monk.«

Monk zuckte zusammen und arbeitete schnell weiter.

»Vor mir brauchst du keine Angst zu haben, mein Lieber. Ich glaube auch nicht, daß sie lange bleiben wird. Man erwartet sie zu Hause in Brasilien. Weißt du, wo Brasilien ist, Monk?«

»In Südamerika.«

Lexfield entfernte sich vom Fenster. Plötzlich packte er Monk an den Schultern. »Was hast du mit ihr gemacht?« brüllte er ihn an.

»Vergraben!« stieß Monk hervor. »Im Park.«

»Zeig mir den Platz!« Lexfield zerrte Monk herum und stieß ihn auf die Tür zu. Als er ihn losließ, humpelte Monk krumm auf den Krückstock gestützt aus dem Haus. Lexfield folgte ihm hinaus in den Park, und dort, unter einer alten Blutbuche, wo die Herbstblätter einen dicken Teppich bildeten, zeigte er auf den Boden.

Lexfield blickte sich schnell um. Man konnte nie wissen, ob nicht doch jemand in der Nähe war. Dann ließ er sich auf die Knie nieder und befreite den Boden an einer Stelle von den Blättern. Die Erde darunter war tatsächlich locker. Lexfield blickte auf. »Hier?« fragte er noch einmal.

Monk nickte, wagte es aber nicht, seinen Herrn anzusehen.

Es hatte viel Überredung gekostet, bis Madame Velasquez einwilligte, bei ihm zu speisen. Mit einer plötzlichen Vorsicht, die beinahe an Mißtrauen grenzte, hatte sie ihn gebeten, sie mit seinen Eltern bekannt zu machen. Lexfield, der ihr erklärt hatte, seine Eltern wohnten auf einem Landsitz außerhalb Londons, sah sich für einen Augenblick in die Enge getrieben, fand dann aber sofort eine Ausrede.

»Vater und Mutter befinden sich geschäftlich in Norditalien«, sagte er. »Aber wenn du willst, können wir rausfahren nach Maple Hill.«

»Ist das das Haus deiner Eltern?«

Er nickte. »Ja und nein. Meine Eltern haben eigentlich ein Schloß in Wales zu ihrem Hauptwohnsitz gemacht und mir das Haus auf dem Maple Hill frühzeitig vererbt. Habe ich dir denn nie davon erzählt? Wie nachlässig von mir.« Er legte einen Arm um sie und hauchte einen Kuß auf ihre Schläfen. »Dafür habe ich dir heute etwas ganz Besonderes mitgebracht, mein Liebling.«

Sie sah ihn von der Seite neugierig an. Und er trat etwas zurück. Jetzt war der Moment gekommen, sie zu überraschen. Jetzt konnte er ein für allemal den Bann brechen.

Er griff in die Tasche seiner Weste.

»Würde es dir etwas ausmachen, die Augen zu schließen, mein Liebling?« fragte er.

»Gary! Wir benehmen uns wie Kinder«, sagte sie, machte aber die Augen zu.

»Dann gib mir bitte deine linke Hand«, befahl er.

Sie zögerte. Nicht sehr lange. Sie trug einen Ring am Ringfinger. Er nahm ihn ihr ab. »Bitte, vertraue mir«, lachte er. »Ich will dich nicht bestehlen.«

»Wann kann ich die Augen aufmachen?«

»Bald.« Sanft steckte er ihr den Diamantring über den Finger. Er paßte haargenau. Lächelnd trat er zurück und ließ ihre Hand los.

»Jetzt«, sagte er.

Sie schlug ihre Augen auf. Ihr Mund öffnete sich, aber kein Laut kam über ihre Lippen. Ungläubig sah sie auf ihre Hand nieder. Sie drehte die Hand langsam. Der Diamant wechselte funkelnd die Farbe. Lexfield hörte, wie sie tief Luft holte. Dann hob sie jäh den Kopf. »Gary, wie konntest du nur . . .« Weiter sprach sie nicht mehr, denn er umarmte sie und küßte sie auf den Mund. Innerlich triumphierte er. Wie oft hatte er es jetzt schon erlebt, daß sich ihm eine Frau für einen hochkarätigen Edelstein verkaufte. Es schien, als ob das Glitzern und Strahlen eines Diamanten direkt für das Aussetzen des menschlichen Verstandes verantwortlich war. So, als würde ein Edelstein Impulse ausstrahlen, die Gehirnzellen zerstören. Lexfield lächelte bei diesem Gedanken. Dolores war nicht anders als die anderen, die er kennengelernt hatte. Schön, aufregend, begierig nach Reichtum, Kleidern und Schmuck verfallen. Er nahm sich vor, diese, wie er annahm, typisch weiblichen Schwächen rigoros auszunützen. Wie konnte er wissen, daß die Frau in seinen Armen eine andere war als die, die er sich vorstellte. Wie konnte er wissen, daß sich ihr Herz verkrampfte, während er sie an sich drückte, wie ihr fast die Tränen kamen über die plötzliche Gewißheit, daß Elsa Monarty tot war.

Sie hatte den Ring sofort erkannt, als sie die Augen öffnete. Manfred hatte ihn ihr beschrieben. Es war Elsas Ring. Lexfield hatte ihn in Zürich für sie gekauft, wahrscheinlich als Verlobungsgeschenk. Und jetzt trug sie ihn . . .

»Bist du glücklich?« fragte er sie.

Sie nickte, und ihre Augen füllten sich mit Tränen, die sie nicht mehr zurückhalten konnte. Sie mußte sich zusammenreißen. Sie mußte weitermachen und versuchen, diesem Mann für immer das Handwerk zu legen. Sie mußte ihm den Mord an Elsa nachweisen, so daß man ihn hier in London vor Gericht stellen und verurteilen konnte.

Sie verabredete sich mit ihm zum Dinner. »Gib mir einige Stunden, damit ich in aller Ruhe über alles nachdenken kann«, sagte sie leise und trocknete sich mit einem Spitzentüchlein die Tränen von den Wangen, die er für

Tränen der Freude und des Glücks hielt. »Es ist doch ein ernster Schritt, den ich vorhabe, Gary«, sagte sie und senkte ihren hübschen Kopf. »Ich habe dich natürlich sehr lieb, fürchte aber immer – ich kann mir nicht helfen –, daß die Männer vor allem auf mein Geld aus sind.«

»Aber, mein Liebling«, rief er aufgebracht. »Ich brauche doch dein Geld nicht. Du hast ja meine Bankauszüge gesehen, nicht wahr? Ganz abgesehen von meinen Immobilien, habe ich momentan neunzehntausend Pfund flüssig auf meinem Geschäftskonto.«

Mit leisem Achselzucken wehrte sie diese Worte ab, und Gary Lexfield wurde etwas ungeduldig, da er Dolores trotz allem doch nicht richtig im Griff zu haben schien. Er schob jedoch alle Bedenken beiseite, indem er den ständigen Stimmungswechsel ihrem südländischen Temperament zuschrieb.

Sie traf sich mit Manfred in der Curzon Street. In dem kleinen Haus herrschte Begräbnisstimmung, nachdem Claro May den Ring vorgezeigt hatte, den ihr Lexfield geschenkt hatte.

»Es kann nur der Ring sein, den Lexfield in Zürich gekauft und Elsa gegeben hat«, bestätigte Manfred düster, nachdem er sich den Ring genau angesehen hatte. Er hob den Kopf, und fast sah es so aus, als suchte er bei seinen beiden Partnern um Hilfe.

»Es könnte gut sein, daß er ihr den Ring weggenommen hat, bevor er sich von ihr trennte«, sagte Leon. »Daß er den Ring hatte, beweist noch lange nicht, daß Elsa tot ist.«

»Niemand hat auch nur ein Lebenszeichen von ihr vernommen«, sagte Claro May. »Nein, Leon, ich kenne ihn jetzt gut genug. Er ist ein verkommenes Subjekt, ein zügelloser Mensch, der seinen schlimmsten Trieben ergeben ist. Ich weiß zwar nicht, aus welchen Gründen er es sich zu seinem Lebensziel gemacht hat, Frauen zu seinen Opfern zu machen, aber ich bin sicher, daß es eine Veranlagung ist, die nur psychologisch ergründet werden kann.«

Poiccart räusperte sich. Seit Claro May im Haus war, hatte er noch kein Wort gesagt. Jetzt wandte er sich direkt an sie. »Dann halten Sie ihn für fähig, jemanden kaltblütig umzubringen, Madam?«

»Wenn er dies für notwendig hält, um seine Ziele zu verfolgen, würde er, glaube ich, nicht davor zurückschrekken.«

»Auch wenn er sich in die Enge getrieben fühlt, nehme ich an«, sagte Poiccart nachdenklich. »Er muß von einer schlimmen inneren Angst beseelt sein, dieser – Mensch.«

»Angst wovor?« fragte Manfred.

»Angst davor, zu versagen. Angst davor, nicht gut genug zu sein. Ich müßte ihn kennenlernen, um genau festzustellen, was es ist, aber ich könnte mir vorstellen, daß es mit seiner Erziehung zusammenhängt, mit seinen Erlebnissen als Kind ... mit seinen Eltern.«

»Alles Dinge, die ein erwachsener Mensch nicht mehr unbedingt als Ausrede anwenden kann, nicht wahr«, sagte Leon kühl. »Nicht für das Gute, was ihm in seinem Leben widerfahren ist, und auch nicht für das Schlechte.«

»Wir müssen ihn so schnell wie möglich unschädlich machen. Das Spiel dauert mir zu lange.« Manfred erhob sich und ging zum Fenster. Vom Haus nebenan winkte Mrs. Tripplestick herüber. Sie hatte Mr. Smith auf dem Arm.

Manfred winkte nicht zurück, drehte dem Fenster den Rücken zu und fragte Claro May, was sie als nächstes vorhätte.

»Wir treffen uns zum Dinner«, sagte sie.

»Dann bedenke, daß du in Gefahr bist«, sagte er. »Es könnte sein, daß er mißtrauisch geworden ist. Dearborn hat ihn beobachten lassen.«

»Das können wir ausnützen«, sagte Leon.

»Wie?« fragte Claro May.

»Indem du ihm sagst, daß sich einer von uns an dich gewandt hat, um dich zu warnen. Dadurch wird er die Angelegenheit beschleunigen wollen, was wiederum bedeutet, daß du auf der Hut sein mußt.«

Claro May lächelte.

»Gut«, sagte sie. »Ich werde zum Dinner Walter mitnehmen.«

»Den Messerhelden?«

»Er ist sehr zuverlässig, Manfred«, lächelte sie. »Von jetzt an wird sich Mr. Gary Lexfield in acht nehmen müssen.«

Claro May blieb nicht mehr lange im kleinen Haus an der Curzon Street. Nachdem einmal abgesprochen war, daß Gary Lexfield höchstens noch ein oder zwei Tage auf freiem Fuß bleiben durfte, verließ sie die drei und fuhr zum Hanford-Haus hinaus, wo sie von Walter erwartet wurde.

8. Kapitel
Die Transaktion

Zum größten Ärger von Gary Lexfield erschien Dolores in Begleitung eines kümmerlich aussehenden Mannes zum Dinner, den sie als ihren persönlichen Diener Walter vorstellte.

Walter war Rumäne, untersetzt, drahtig, mit einem ausdruckslosen Frettchengesicht. Lexfield konnte ihn auf Anhieb nicht ausstehen, ließ sich aber natürlich nichts anmerken. Im Gegenteil, er begrüßte Walter nahezu freundschaftlich, gab ihm einen Klaps auf die Schulter und lud ihn zu einem Cocktail an der Bar ein. Walter lehnte höflich, aber bestimmt ab, und in seinem Gesicht zeigte sich nicht die geringste Bewegung.

Überhaupt sprach Walter die ganze Zeit kein Wort. Er aß wenig, rührte sich kaum und schien überhaupt nicht vorhanden zu sein. Lexfield entwickelte eine derartige Abneigung gegen ihn, daß ihm allein Walters Anwesenheit am Tische den Appetit verdarb.

Nach dem Essen, als sie in seinem überreich geschmückten Salon des Hauses in der Jermyn Street saßen, erzählte sie ihm eine Neuigkeit, die ihn die Unbequemlichkeit ihres Begleiters vergessen ließ.

Sie begann ganz harmlos. »Ich habe heute einen so netten Mann kennengelernt – er suchte mich in meiner Villa auf.«

»Sicherlich war er nicht nur nett, sondern auch sehr vom Glück begünstigt – dich kennenzulernen«, lächelte Gary Lexfield, der sich im Augenblick allerdings gar nicht wohl fühlte.

Sie hob den Blick. Irgend etwas in ihren Augen störte

ihn, erregte sein Mißtrauen und ließ ihn zum erstenmal daran denken, daß er sie von Monk in aller Heimlichkeit umbringen lassen würde, sobald die Zeit dazu gekommen war.

»Wir redeten über alles mögliche, Gary. Er war sehr intelligent und wußte über vieles Bescheid.« Sie hob ihre Tasse zum Mund und trank einen Schluck. »Dann kam er auf dich zu sprechen«, sagte sie.

Gary Lexfield spitzte die Ohren. Man kannte ihn zwar in England, aber kaum jemand wußte so gut über ihn Bescheid, um viel über ihn reden zu können. Außerdem hatten sie doch alle Angst, offen zuzugeben, daß sie ihn kannten.

»Viel habe ich dir nicht verschwiegen, meine Liebe«, sagte er deshalb. »Ich nehme an, der Mann hat dir nichts Gutes erzählt. Weißt du, in dieser Stadt gibt es viele, die mich um meine Lebensart beneiden.«

»Der Mann hätte dazu kaum Grund«, entgegnete sie.

»Nun, wer war er denn?« fragte er.

»Er sprach ausgezeichnet spanisch und hatte ein so entzückendes Lächeln. Und so eine Menge drolliger Geschichten hat er mir erzählt, daß ich kaum aus dem Lachen herauskam.«

»War er Brasilianer?«

Sie schüttelte den Kopf.

»In Brasilien sprechen wir portugiesisch«, sagte sie. »Nein, Gary, er hieß Señor Gonsalez und . . .«

»Gonsalez?« rief Gary Lexfield. »Doch nicht etwa Leon Gonsalez? Einer der verd . . .« Er unterbrach sich, merkte, daß er die Beherrschung verloren hatte, und faßte sich. »Leon Gonsalez vom Silbernen Dreieck?«

Sie zog die Augenbrauen in die Höhe.

»Du kennst ihn und seine Partner also?«

Er lachte. »Wer kennt sie nicht, diese drei windigen Burschen. Es gab Zeiten, da waren die Zeitungen voll mit Berichten über sie und ihre Verbrechen. Damals nannten sie sich noch die Gerechten, und soviel ich weiß, waren es zuerst vier. Dann wurde einer von ihnen umgebracht. Das Gesetz war lange hinter ihnen her. Im Namen der Gerechtigkeit verfolgten sie ihre eigenen Rachepläne. Der Krieg brachte ihnen dann Generalpardon für alle ihre bekannten und unbekannten Taten. Soviel ich weiß, mußten sie vor Gericht die eidesstattliche Erklärung abgeben, das Gesetz künftig genau zu befolgen. Ich glaube, es war Leon Gonsalez, der für sich und seine beiden Gefährten die Zusicherung gegeben hat. Ich war damals in Australien und weiß deshalb nicht genau Bescheid. Aber selbst in den Tageszeitungen von Melbourne standen diese Sachen.«

»Dann sind sie jetzt ehrenwerte Leute?«

»Verbrecher sind sie geblieben, meine Liebe. Man hätte sie schon damals dem Henker ausliefern sollen. Glaubst du, daß sich ihre Geschäftspraktiken gebessert haben? Nein, sie schrecken vor nichts zurück. Aber man munkelt, daß sie Freunde in der Regierung haben und in der Londoner Unterwelt. Hast du schon einmal etwas vom Gelben Drachen gehört?«

»Nein. Wie sollte ich. Ich bin noch nicht lange hier, Gary!«

»Der Gelbe Drache ist so etwas wie die Mafia. Nur besteht er aus Asiaten. Chinesen hauptsächlich. Eine Verbrecherorganisation, mit der Scotland Yard nicht fertig wird. Man nimmt an, daß der Gelbe Drache sogar die Regierung und die Polizeibehörde infiltriert hat. Und ich könnte mir denken, daß das Silberne Dreieck enge Beziehungen zum Gelben Drachen unterhält.«

»Davon hat Mr. Gonsalez natürlich nichts gesagt, Gary!«

»Aber über *mich* geredet hat er!« Lexfield stellte theatralisch Wut und Enttäuschung zur Schau. »Wirklich, eine große Unverschämtheit, daß er dich aufsucht und dir Niederträchtigkeiten über mich erzählt. Wie konnte es ihm nur gelingen, dir Vertrauen einzuflößen . . .« Lexfield schüttelte verständnislos den Kopf, nahm seine Tasse hoch und trank. Für einige Sekunden blieb es still, dann stellte er die Tasse hart auf den Unterteller zurück und holte tief Luft.

»Die Wahrheit ist nämlich, daß ich seit Jahren einer ihrer schärfsten Gegner bin und daraus auch öffentlich keinen Hehl mache. Das Silberne Dreieck versucht natürlich, mich irgendwie aus dem Weg zu schaffen, sei es mit Verleumdung, sei es mit schlimmsten Drohungen.« Gary Lexfield fuhr mit der wunderbar erlogenen Geschichte fort, wie er das erstemal den »Drei Gerechten« einen Strich durch die Rechnung gemacht hatte. Dolores lauschte seinen Worten gespannt.

»Wie schrecklich interessant«, sagte sie schließlich. »Aber Leon Gonsalez sagte weiter nichts, als daß du ein schlechter Mensch wärest und nur mein Geld wolltest und daß du – wie sagt man doch gleich –, daß du keinen sehr guten Leumund hättest. Zuerst war ich wirklich ärgerlich, weil er mir auch erzählte, du hättest eine Frau, mit der du seit vielen Jahren verheiratet bist. Aber ich weiß, das kann nicht wahr sein; du könntest mich doch nicht so hintergehen.«

»Sieht diese Wohnung danach aus, als ob ich verheiratet wäre? Schau dich um.« Gary Lexfield lachte. »Es ist eine Junggesellenwohnung. Aber ich wußte es, daß er dir Lügen aufgetischt hat, meine Liebe.«

»Morgen will er wiederkommen, Gary«, sagte sie leichthin und lachte. »Solange ich mich nicht ärgerte, hat er mir wirklich Spaß gemacht. Wenn wir uns morgen zum Dinner treffen wollen, kann ich dir sagen, was er mir alles erzählt hat.«

Gary Lexfield war verärgert. Ausgerechnet das Silberne Dreieck interessierte sich für ihn. Der Mann mit dem Zwergschnauzer fiel ihm ein. Henry George. Das konnte nur George Manfred gewesen sein. Und wie hieß der andere noch? Raymond Poiccart. Vor dem mußte man sich besonders in acht nehmen, hieß es, weil er es verstand, sich wie ein Butler zu geben. So unterschätzte man ihn leicht.

Lexfield wechselte das Thema und zeigte sich – trotz der Anwesenheit des störenden Walters – als der glühendste und zärtlichste Verehrer, den sich eine Frau nur wünschen konnte. Alle seine Verführungskünste mußten herhalten, denn es ging um einen hohen Preis.

Sein erstes Ziel waren die vierzigtausend Pfund, die Miß Velasquez als Dividendenzahlung erhalten hatte. In Geldangelegenheiten hatte sie bis jetzt eine gewisse Hilflosigkeit zur Schau gestellt, die aber Gary Lexfield nicht ganz echt zu sein schien. Er selbst hatte natürlich gelernt, fließend und in überzeugender Weise von Geldgeschäften und von der Börse zu sprechen. Spekulieren war schließlich seit langem eine seiner Lieblingsbeschäftigungen, zugleich aber auch sein beständiger Schaden. Aber für ihn war das ganze Leben ein Spiel, und so machte es ihm nichts aus, leicht verdientes Geld auch mit leichter Hand wieder auszugeben.

Nach dem Kaffee und nach einem angeregten Gespräch über Ländereien in Brasilien, die er im Winter gern mit ihr besichtigen wollte, sagte Lexfield, daß er in der Stadt noch etwas zu erledigen hätte.

»Ich werde nicht tatenlos zusehen, wie man unser Glück zerstört«, sagte er.

»Was willst du tun?« fragte sie ihn und erhob sich.

»Nun, ich habe einflußreiche Freunde in dieser Stadt«, sagte er lächelnd und legte einen Arm um sie, während er sie hinaus in den Flur geleitete. Walter folgte ihnen wie ein Schatten.

Gary Lexfield half seinem schönen Gast in den Mantel. Sie sah noch schöner aus in ihrem Pelz, reicher. Sie hakte sich bei ihm ein, während Walter seinen schwarzen knielangen Mantel anzog. Schließlich begleitete Gary Lexfield seinen Gast und dessen schweigsamen Gefährten zum Wagen. Als er wieder in die Einsamkeit seiner Wohnung zurückkehrte, hatte er genug Zeit, über das bedrohliche Interesse nachzudenken, daß das Silberne Dreieck ihm und seinen Handlungen zuteil werden ließ.

Wie gewöhnlich stand Lexfield am nächsten Morgen spät auf, und er war noch im Pyjama, als das Telefon läutete. Er zögerte einen Moment, nach dem Hörer zu greifen, klärte seine Kehle und hob schließlich ab.

Wie erwartet war es Dolores. Und sie hatte Neuigkeiten, die Lexfield frösteln ließen.

»Ich habe Gonsalez gesprochen«, sagte die Stimme am anderen Ende der Leitung. »Er war schon zum Frühstück hier und behauptete, daß man dich morgen wegen einer Sache in Australien verhaften würde.«

Lexfield spürte, wie ihm kalter Schweiß auf die Stirn trat.

»Wegen einer Sache in Australien? Hör mal, du glaubst doch etwa nicht, daß in Australien etwas gegen mich vorliegt? Man hätte mich doch gar nicht erst ausreisen lassen, zum Teufel.«

»Ich sage dir nur, was er mir gesagt hat, Gary. Warum regst du dich so auf?« Sie lachte. »Er war wirklich nett und aufgeräumt. Er hat mir gesagt, daß er außerdem heute noch beantragen wird, dein Bankkonto sperren zu lassen.«

»Mein Bankkonto?« erwiderte Gary Lexfield hastig. »Bist du dessen sicher?«

»Ganz sicher. Er will irgendwo zu einem Richter gehen und sich ein Papier ausstellen lassen. Treffen wir uns zum Lunch?«

»Selbstredend – um eins bei mir«, sagte er mit einem schnellen Blick auf die kleine Uhr auf dem Kaminsims: Es war schon halb zwölf. »Und wegen deiner Kapitalanlagen – natürlich wirst du es dir jetzt doch länger überlegen, nach allem, was du über mich gehört hast?«

»Daran habe ich eigentlich nicht gedacht, lieber Gary. Nein, ich glaube, ich sollte Mr. Gonsalez nicht ganz so ernst nehmen, nicht wahr? Immerhin kenne ich dich besser, als er denkt.«

»Überleg es dir gut, mein Liebling. Du weißt, daß es viele Leute gibt, die mir nicht sehr wohlgesinnt sind. Und daß es mir gelungen ist, deine Liebe zu gewinnen, verschafft mir bestimmt noch eine ganze Reihe von mißgünstigen Neidern.«

»Wir werden ja nicht sehr lange hier in London bleiben, nicht wahr?«

»Nein. Sobald das Geschäftliche erledigt ist, bringe ich dich nach Maple Hill hinaus. Dort wirst du entscheiden können, ob du zu mir ziehen oder noch ein paar Wochen im Hanford-Haus verweilen willst.«

»Was denkst du?«

»Ich denke, daß wir im November heiraten sollten.«

»Hier in London?«

»Nicht unbedingt. Wie wärs mit Brasilien? Sag jetzt nichts, mein Liebling. Ich weiß, wie sehr du dich darüber freuen würdest, im Kreise deiner Familie zu heiraten. Meine Eltern würden es sich natürlich niemals nehmen lassen, zur Hochzeit nach Brasilien zu fliegen.«

»Ich werde sofort nach Hause schreiben«, rief sie erfreut. »Ich werde . . .«

»Zuerst werden wir uns zum Lunch treffen«, unterbrach er sie lachend. »Und die Kapitalanlage kann ich noch heute erledigen. Vergiß bitte dein Scheckbuch nicht.«

»Wieviel soll ich fürs erste anlegen?« fragte sie ihn.

»Vierzigtausend, mein Liebling. So, wie wir es abgesprochen haben.«

»Gut. Wir sehen uns in einer Stunde.«

»Ja. Beeil dich.«

Und wieder begann das Spiel mit dem Telefon, nur hatte Gary Lexfield diesmal keine Geduld. Beim drittenmal legte er den Hörer auf. Er eilte in sein Schlafzimmer und zog sich hastig an.

Seine Bank befand sich in der Fleet Street. Die Fahrt dorthin erschien ihm unendlich. Außerdem lag ihm die Bank auch viel zu nahe am Gerichtsgebäude. Der Gerichtsbeschluß konnte vielleicht schon ausgeführt sein! Er parkte den gemieteten Rolls-Royce direkt vor dem Hauptportal. Mittags war in der Bank wenig Betrieb, und so mußte er wenigstens nicht anstehen.

Der Schalterbeamte, ein hagerer Mann mit einer randlosen Brille, war dabei, Pfundnoten abzuzählen. Er blickte Lexfield nur kurz von unten herauf an, während dieser einen Scheck ausstellte.

Er schob den Scheck unter dem Schaltergitter hindurch und sah mit angehaltenem Atem, wie er in die Hände des Buchhalters geriet, der die abgezählten Banknoten in einem Schubfach hatte verschwinden lassen.

»Ah, Mr. Lexfield«, sagte der Beamte, als hätte er ihn erwartet. Lexfield merkte, wie ihm das Blut in den Kopf schoß, aber zu seiner unendlichen Erleichterung öffnete der Mann sein Schubfach und nahm das Notenbündel heraus, das er eben darin versorgt hatte.

»Neunzehntausend Pfund, Sir«, sagte er. »Würden Sie sich bitte einen Moment gedulden?«

Er machte das Schubfach wieder zu, ging nach hinten und redete mit dem Direktor der Bank. Beide verschwanden im Tresorraum, und als sie wieder erschienen, hatte der Beamte einen Leinensack in der Hand, der prall mit Banknoten gefüllt war.

»Entschuldigen Sie die Verzögerung, Sir«, sagte er. Dann begann er einige Notenbündel aus dem Sack zu nehmen, überprüfte jedes einzelne von ihnen, stapelte sie auf und schob sie schließlich dem nervösen Kunden zu. »Bitte unterschreiben Sie hier, Mr. Lexfield«, forderte er ihn auf, und Lexfield kritzelte seinen Namen unter die Quittung.

»Well«, sagte der Buchhalter, »da bleiben nur noch einige Pfund auf Ihrem Konto, Mr. Lexfield.«

»Das weiß ich«, gab Gary Lexfield zur Antwort. »Nach dem Lunch lege ich einen größeren Scheck vor, der mein Konto wieder auffüllen wird.«

Dann fiel ihm ein, daß zu diesem Zeitpunkt die Sperrung schon in Kraft getreten sein könnte. Er mußte also einen anderen Weg finden, den Scheck von Dolores Velasquez einzulösen.

Seine Erleichterung war so groß, daß seine Hände zitterten, als er das Geld einsteckte. Mit über neunzehntausend Pfund in der Tasche fuhr er zurück in die Jermyn Street, wo er zur gleichen Zeit wie Dolores eintraf.

Sie schien sich aufrichtig über sein Erscheinen zu freuen, fast so, als hätte sie nicht damit gerechnet, daß er kommen würde.

»Dieser Mr. Gonsalez war absolut sicher«, sagte sie in ihrer abrupten Weise. »Ich hätte ihm ins Gesicht lachen können. Er behauptete, du würdest morgen nicht mehr hier sein und dich auch heute nicht blicken lassen, falls ich dir sagen würde, daß er mich vor dir gewarnt hat.«

Gary Lexfield nahm sie beim Arm. »Das ist doch reinster Quatsch, mein Liebling«, sagte er leichthin. »Mach dir nur keine Kopfschmerzen über Leon Gonsalez. Ich komme gerade von Scotland Yard, wo ich mich über ihn und seine beiden Spießgesellen beschwert habe.«

»Mit wem hast du dort geredet, Gary?«

»Dearborn heißt der Kriminalinspektor. Ein alter Freund von mir. Die Unterwelt nennt ihn Snake-Eye, wegen seiner kleinen stechenden Augen. Aber das Auffälligste an ihm ist, daß er immer verschnupft ist. Wenn du willst, mache ich dich eines Tages mit ihm bekannt.«

»Das wäre nett, Gary. Ich liebe es, solche Leute kennenzulernen.«

Gary Lexfield führte Dolores in ein kleines, gediegenes Restaurant an der Ecke der St. James Street. Dort mußten sie zehn Minuten warten, bis der Lunch serviert wurde, aber die zehn Minuten wurden gänzlich von den geschäftlichen Besprechungen in Anspruch genommen. Ihr Scheckbuch hatte sie mitgebracht, schien aber nun wieder nicht besonders willig, es zu gebrauchen. Gary Lexfield gelang es nur mit Mühe, Ruhe zu bewahren. Gonsalez mußte ihr doch mehr zu schaffen gemacht haben, als sie am Telefon hatte zugeben wollen. Tatsächlich wollte sie sich jetzt nicht mehr dazu entschließen, die ganzen vierzigtausend Pfund anzulegen. Von neuem brachte er Papiere und Berechnungen hervor, die er ihr schon am vorhergehenden Abend hatte zeigen wollen, und erklärte ihr – wie nur er es konnte – die finanziell so äußerst gute Lage der Gesellschaft – eine der sichersten in Südafrika –, bei der er sie beteiligen wollte.

»Die Aktien werden schon innerhalb der nächsten vierundzwanzig Stunden um wenigstens zehn Prozent steigen«, versprach er eindringlich. »Ich habe eine Anzahl für dich zurückhalten lassen, muß sie allerdings noch heute nachmittag übernehmen. Mein Vorschlag geht dahin, daß du mir gleich nach dem Lunch einen Barscheck gibst. Ich fahre dann zu meiner Bank, kaufe die Aktien und bringe sie zurück in meine Wohnung, wo du auf mich wartest.«

»Aber warum kann ich denn nicht selbst hingehen?« fragte sie harmlos.

»Weil das eine rein persönliche Angelegenheit zwischen Sir John und mir ist«, erwiderte Gary Lexfield und gab seiner Stimme jetzt mehr Schärfe. »Weißt du, allmählich glaube ich, daß du mir nicht vertraust.« Er schüttelte den Kopf. »Hier, schau her. Ich habe selbst neunzehntausend Pfund in bar bei mir, um damit meinen Anteil der Aktien zu zu übernehmen. Die Umstände erfordern es, daß die Transaktion mit Bargeld erfolgt, mein Liebling.«

»Du weißt, daß es nicht nur mein Geld ist, Gary. Zum Teil ist es Kapital, daß mir mein Vater im Vertrauen zur Verfügung gestellt hat.«

»Sicher, mein Liebling. Das weiß ich doch. Aber glaubst du denn im Ernst, ich würde mit einer solchen Summe leichtsinnig umgehen? Warum sollte ich dich denn betrügen wollen; wir werden heiraten, und dann gehört uns doch beiden alles zusammen. Außerdem weißt du doch, daß ich keineswegs auf dein Vermögen oder auf das deiner Familie angewiesen bin.«

»Dann laß mich mit dir zur Bank fahren, lieber Gary.«

»Nein, ich habe Sir John versprochen, daß ich niemanden mitbringe. Er bestand darauf. Es ist eine große Liebenswürdigkeit von Sir John, daß er mir die Aktien zu einem solch günstigen Kurs überläßt. Er geht dabei selbst ein großes persönliches Risiko ein.«

Zu seiner Erleichterung und großen Freude ließ sie sich endlich überzeugen und schrieb noch am Eßtisch einen Scheck über zweiunddreißigtausend Pfund aus. Das war zwar nicht die volle Summe, aber er sagte nichts. Er mußte all seine Geduld zusammennehmen, um das Ende der Mahlzeit abzuwarten. Die kurze Pause, bis der Nachtisch serviert wurde, erschien ihm unerträglich lang. Und immer wieder kam Dolores auf ihre Kapitalanlage zurück, schien von neuem zu zweifeln, zu zögern, erwähnte dann noch einmal Gonsalez und seine letzte Warnung.

»Vielleicht ist es doch besser, wir würden noch einen Tag warten, was meinst du, Liebling?«

»Aber Liebste, mach dich doch nicht lächerlich!« protestierte er. »Deine Sorgen sind umsonst. Bedenke doch, daß Gonsalez gar nichts anderes im Sinn hatte, als dich zu beunruhigen. Aber der wird mich noch kennenlernen.«

Er erhob sich halb, aber sie zog ihn wieder zurück.

»Warum denn so eilig«, bat sie ihn, und widerwillig fügte er sich. Die Banken schlossen um halb vier. Danach hatte er noch Zeit genug, mit ihr nach Maple Hill hinauszufahren und sie dort Monk zu überlassen. Diesmal mußte alles schnell gehen. In derselben Nacht womöglich. In aller Frühe würde er dann zum Westminster-Pier fahren und den Kanaldampfer nehmen.

Endlich war Dolores bereit, aufzubrechen. Er führte sie in seine Wohnung. Sie war ganz aufgeregt und durcheinander, und sie wollte ihn einfach nicht gehen lassen.

»Komm«, sagte er, »wir trinken zusammen einen Scotch, und dann entspannst du dich. Bis spätestens vier Uhr dreißig bin ich zurück, und dann fahren wir zusammen hinaus nach Maple Hill. Ich garantiere dir, daß du dich über unser Haus freuen wirst. Ich habe dich bereits meinem Diener angekündigt.«

Er überließ es ihr, den Scotch einzugießen. Währenddessen traf er noch schnell einige Vorbereitungen im Schlafzimmer, packte einen Koffer, und als er zurückkam, stand sie an der kleinen Bar und hob ihr Glas.

»Auf unsere gemeinsame Zukunft«, sagte sie lächelnd. »Und Gonsalez zum Trotz.«

»Jetzt gefällst du mir«, gab er lachend zurück, nahm sein Glas von der Theke und trank es auf einen Zug leer. Dann umarmten sie sich, und er führte sie zur Couch. »Leg dich besser ein Stündchen hin«, sagte er, und er wollte sich vorbeugen, um ihr behilflich zu sein, als ihm schwindelig wurde. Er ließ sie los und richtete sich auf. Sein Gesicht wurde leichenblaß. Er taumelte, suchte kraftlos mit den Händen nach einem Halt und verlor sein Gleichgewicht. Sie hielt ihn fest, bevor er zu Boden stürzen konnte, und ließ ihn sanft auf die Couch gleiten. Seine Augen fielen zu, er stöhnte noch einmal leise, dann rührte er sich nicht mehr.

Gary Lexfield merkte nicht, wie die Frau, die er hatte um

ein Vermögen betrügen wollen, schnell, aber sorgfältig seine Taschen durchsuchte. Sie fand nichts, was sie hätte mit Elsa Monarty in Verbindung bringen können, außer den Schlüsseln zu seinem Haus in Maple Hill und den Wagenschlüsseln.

Sie nahm die Tasche, die prall mit den Banknoten gefüllt war, vom Tisch und steckte ihren eigenen Scheck ein. Sie gab sich keine Mühe, irgendwelche Spuren zu verwischen. Auch die Gläser ließ sie auf der Bar zurück. Wer sollte schon nach den Spuren des starken Mittels suchen, das Gary Lexfield zu einem unfreiwilligen Tiefschlaf verholfen hatte?

Dolores Velasquez oder Claro May, wie sie sich demnächst wieder nennen wollte, verließ den Salon, ging durch den langen Flur und öffnete die Wohnungstür.

Zu ihrer Überraschung wurde sie draußen erwartet.

9. Kapitel
Tote tragen keinen Schmuck

Monk war unruhig. In seinem Kopf summte es. Er trommelte mit den Knöcheln seiner Fäuste gegen die harten Verwachsungen auf seiner Stirn, aber die bohrenden Schmerzen wollten nicht aufhören. Und deutlich hörte er die Stimme aus dem tiefen Loch unter der Falltür. Die Stimme der toten Frau.

Monk hatte keine Ahnung, wieviel Uhr es war, als er Motorengeräusch hörte. Er vermutete, daß Mr. Lexfield zurückkehrte, wahrscheinlich mit der Dame aus Brasilien.

So schnell es seine krummen Glieder zuließen, eilte er die Steintreppe hoch. Er war überrascht festzustellen, daß es draußen bereits dunkel war. Nirgendwo im Haus brannte Licht. Monk kletterte auf den kleinen Schemel im Hausflur und blickte durch das runde Fenster hinaus. Er konnte die Lichtkegel der Scheinwerfer sehen, die über die Hügel huschten, über die Bäume des Parkes strichen und die Straße ausleuchteten. Aber es war nicht nur ein Auto. Es waren drei, und da Mr. Lexfield noch nie mit Gästen hergekommen war, wurde Monk unsicher.

Er zündete kein Licht an. Und er versteckte sich im Flur hinter einem Sockel, auf dem eine Nachahmung der Venus von Milo stand. Auch wenn im Flur Licht gemacht wurde, war dort die dunkelste Ecke, und falls es sich bei den Besuchern tatsächlich um Mr. Lexfield und Gäste handelte, dann konnte er immer noch eine günstige Gelegenheit abpassen und durch das Kellergewölbe in die Gruft entkommen.

Es dauerte lange, bis die Autos draußen hielten. Monk hörte Stimmen. Fremde Stimmen. Diejenige von Mr. Lexfield war nicht unter ihnen.

»Scheint verlassen zu sein, Roos«, sagte eine der Stimmen. »Nirgendwo ist Licht.«

»Im Dorf sagte man, daß ein Verwalter hier sein muß, auch wenn es nicht den Anschein hat.«

»Well, dann versuchen wir mal, ob die Schlüssel passen, nicht wahr, meine Liebe.«

»Nennen Sie mich bitte nicht meine Liebe«, entgegnete eine Frauenstimme kühl. Ein Mann lachte. Und die Stimme des ersten Mannes sagte: »Da gibt es verdammt nichts zu lachen, Roos.«

»Sehr wohl, Sir«, sagte die hellere der beiden Männerstimmen.

»Sorgen Sie dafür, daß alle Ausgänge bewacht werden, Roos. Los, worauf warten Sie noch. Ich will nicht, daß uns der Verwalter entkommt, falls er überhaupt im Haus ist.«

Monk zitterte am ganzen Leib. Deutlich konnte er hören, wie ein Schlüssel ins Schloß gesteckt wurde.

»Paßt«, sagte der Mann, den der andere Sir genannt hatte. Die Tür knarrte leise, als sie aufging. An den schlanken Marmorbeinen der Venus vorbei konnte Monk zwei dunkle Gestalten sehen, die regungslos in der Türöffnung standen. Ein Mann und eine Frau. Sekunden verstrichen. Hinter den beiden Gestalten bewegte sich eine andere. Abzeichen blinkten im schwachen Mondlicht. Der Mann gab leise Befehle.

Plötzlich wurde Monk vom grellen Licht einer Taschenlampe geblendet. Der Strahl traf ihn und verharrte auf ihm. Er war nicht schnell genug, den Kopf einzuziehen.

»Mein Gott«, rief die Frau aus. »Wer ist das, Inspektor?«

Monk duckte sich. Die Taschenlampe leuchtete die Venus ab, und schließlich blieb der Lichtkegel am gleichen Fleck an der Wand.

»Kommen Sie mit erhobenen Händen hinter dem Sockel hervor!« befahl die Männerstimme hart. »Machen Sie keine Umstände, wer immer Sie sind. Dies ist die Polizei – Inspektor Dearborn, Scotland Yard.«

Monk rührte sich nicht.

Fast eine Minute lang blieb es still. Dann hörte er Flüstern. Er konnte die Worte nicht verstehen, aber dann kam noch einmal eine Aufforderung, sich zu ergeben. Und eine Warnung. »Das Haus ist umstellt. Die Beamten sind aufgefordert, von ihren Waffen Gebrauch zu machen. Sie haben zehn Sekunden, sich zu stellen! Zehn Sekunden. Mehr nicht.«

Philander Dearborn hatte seinen Revoler gezogen und die Taschenlampe der Frau neben sich gegeben, von der er nun wußte, wer sie wirklich war.

»Gehen Sie nicht hinein«, bat die Frau. »Vielleicht ist er ebenfalls bewaffnet.«

»Schön, daß Sie sich Sorgen um mich machen«, gab Dearborn kurz zurück. Dann ließ er sie stehen. Langsam ging er durch die Halle auf den Sockel zu.

Etwa zehn Schritte davon entfernt blieb er stehen. »Stellen Sie sich!« sagte er heiser. »Wer immer Sie sind, kommen Sie mit erhobenen Händen hervor!«

Ein gurgelnder Laut war die Antwort. Dearborn fuhr zusammen. Der Lichtkegel an der Wand bewegte sich plötzlich, huschte über die Venus und an der Wand hoch.

»Bleiben Sie unten mit dem Licht!« rief Dearborn. »Herrgott, was . . .« Er sprach nicht weiter, denn in diesem Moment tauchte neben dem Sockel ein Schatten auf, eine Gestalt, ein heller Fleck, ein Gesicht. Und was für ein Gesicht. Das Licht traf dieses gräßlich verstümmelte Antlitz mit dem einen Auge, in dem ein Irrlicht funkelte.

Die Gestalt bewegte sich.

»Bleiben Sie stehen!« schnarrte Philander Dearborn, aber der Schatten bewegte sich jäh, kroch die Wand entlang auf eine dunkle Türöffnung zu.

Dearborn vermochte die Waffe in seiner Hand nicht abzudrücken. Es schien ihm fast, als hätte er hier ein waidwundes Tier aufgestöbert. Gebannt blickte er der Gestalt nach, bis sie in der Finsternis verschwand. Dann drehte er sich nach Claro May um. »Folgen Sie mir, bitte, und halten Sie um Gottes willen die Taschenlampe ruhig.«

Peter Roos, der Kriminalunterkommissar, stürzte von draußen herein. »Ist jemand hier?« fragte er.

»Kommen Sie mit, Roos!« befahl Dearborn. »Aber stellen Sie einen Posten beim Portal auf.«

Den anderen beiden voran ging Inspektor Dearborn die Steintreppe hinunter. Sie führte in ein feuchtes Kellergewölbe mit mehreren Kammern. Von der Gestalt war nichts mehr zu sehen und zu hören, aber plötzlich wehte ihnen ein kalter Luftzug ins Gesicht.

»Aufpassen, da draußen!« brüllte Peter Roos, der sofort das richtige vermutete. Kaum war seine Warnung verhallt, peitschte ein Revolverschuß auf. Dann Stimmen, die durcheinanderriefen. Erst nach einer Weile kehrte Ruhe ein.

»Er ist ihnen entwischt«, schnaufte Dearborn. Er ging weiter. Claro May und Peter Roos folgten ihm. Sie erreichten einen Gang, der kaum breiter war als ein halber Meter. Nach links schien er ins Freie zu führen. Rechts war es stockdunkel. Dearborn ließ sich die Taschenlampe geben und leuchtete in den Flur hinein. Das Licht durchdrang die Finsternis, und Claro May, die sich vorgebeugt hatte, um ebenfalls etwas sehen zu können, stieß einen Schrei des Entsetzens aus. Etwa zehn Meter von ihnen entfernt, halb am Boden liegend, halb gegen die Wand gelehnt, sah sie eine Frauengestalt.

»Elsa!« rief Claro May leise, aber die Frau am Ende des Flures rührte sich nicht.

»Lieber Gott im Himmel«, flüsterte Philander Dearborn beinahe andächtig. Dann zwängte er sich zwischen die feuchten Mauern und arbeitete sich langsam zum Ende des Flures vor.

Gary Lexfield hatte keine Ahnung, wo er sich befand, als er erwachte. Sein Schädel brummte. Die Zunge klebte am Gaumen. Licht blendete ihn und schmerzte in seinen Augen. Langsam richtete er sich auf und langte nach seinem Kopf, der mindestens so groß schien wie ein Riesenkürbis, mit dem Kinder Fußball gespielt hatten.

»Kopfschmerzen, mein lieber Freund?« fragte eine Stimme, die ihm bekannt vorkam. Der Zwergschnauzer fiel ihm ein. Mr. Smith.

»Georg Henry«, hörte er sich selbst sagen, während er herumfuhr.

»Erraten, Gary. Ich ging zufällig unten vorbei und sah Licht brennen. Ich dachte, da schau ich mal vorbei, und siehe da, auf mein Klopfen antwortete niemand. Aber die Tür war einen Spaltbreit offen, und da nahm ich mir die Freiheit, einzudringen. Darf ich Ihnen einen Scotch anbieten, Gary?«

Allmählich kehrten die Erinnerungen zurück, und Gary Lexfield spürte, wie ihm übel wurde. Er hätte einen Scotch vertragen können, aber als er sich erheben wollte, knickten die Knie unter ihm ein, und er fiel auf die Couch zurück.

»Ich weiß ... ich weiß, wer Sie sind, Henry!« stieß er hervor. »Sie heißen gar nicht Henry! Und wir sind auch keine Nachbarn.«

Der Mann lächelte, goß ein Glas voll und hielt es Gary entgegen. Dieser griff hastig danach und trank einen Schluck. Dabei fiel ihm das Geld ein. Sein Geld, das er auf der Bank abgehoben hatte. Die Tasche. Er blickte sich um. Sie war weg.

Ächzend versuchte er erneut, sich zu erheben. Diesmal gelang es ihm. Er schwankte weg von der Couch zum Wohnzimmerschrank. Dort, in der oberen Schublade links, befand sich ein Revolver. Französisches Modell. Er öffnete die Schublade, aber der Revolver war nicht da. Er drehte sich seinem Gast zu, und der hatte in einer Hand das Whiskyglas und in der anderen den französischen Revolver, diesen allerdings recht nachlässig.

Gary Lexfield kniff die Augen etwas zusammen. »Was wollen Sie noch von mir, Manfred?« fragte er. »Der sind Sie doch! George Manfred vom Silbernen Dreieck.«

»Hervorragend geraten, Lexfield«, sagte Manfred. »Wie kommen Sie darauf?«

»Ich wußte es, als sie mir von Gonsalez erzählte.« Gary Lexfield lachte gehässig auf. »Ihr arbeitet zusammen, nicht wahr? Aber man kann mir nichts anhängen, Manfred. Man kann mir nicht das Geringste anhängen, denn ich habe weder ihren Scheck in meinem Besitz noch einen Groschen, der ihr gehören könnte. Im Gegenteil, sie hat mich bestohlen. Was wollen Sie also?«

»Eine Antwort, Lexfield. Nur eine Antwort.«

Lexfield grinste und schlurfte zu seinem Stuhl. Er setzte sich darauf und blickte Manfred schief an.

»Aus mir kriegt keiner was raus, Manfred. Das kann ich Ihnen garantieren.«

»Haben Sie Elsa Monarty umgebracht?« fragte Manfred kalt.

Lexfields Augen verengten sich. Das war die einzige Reaktion, die dieser mit allen Wassern gewaschene Halunke zeigte. Und dann grinste er sogar. »Wer ist das?« fragte er. »Elsa Monarty? Von der habe ich nie im Leben gehört.«

»Sie waren mit ihr in Zürich, Lexfield. Das läßt sich leicht nachweisen.«

»Dann versuchen Sie's doch. Und selbst wenn man rauskriegt, mit wem ich in Zürich war, was hätte das schon zu bedeuten?«

»Elsa Monarty ist spurlos verschwunden, Lexfield.«

»Dann geben Sie doch eine Vermißtenanzeige auf!«

sagte Gary Lexfield höhnisch, und George Manfred hätte ihm am liebsten eine geknallt. In diesem Moment aber läutete die Türglocke. Lexfield hob den Kopf. Das Licht in seinen hellen Augen flackerte plötzlich. Er hatte Angst.

»Machen Sie auf, Lexfield«, befahl ihm Manfred. »Dies ist Ihre Wohnung, nicht wahr?«

Schweiß glitzerte plötzlich auf Gary Lexfields Stirn. Er erhob sich langsam und ging zögernd in den Flur hinaus. Vor der Tür blieb er stehen.

»Wer ist da?« fragte er gepreßt.

»Dearborn!« war die Antwort. »Scotland Yard.«

Lexfield zuckte zusammen. Er schaute sich nach Manfred um. Der stand im Türrahmen am anderen Ende des Flures und lächelte beinahe sanft. »Öffnen Sie!« sagte er.

Gary Lexfield schluckte. Dann griff er nach der Türklinke.

Inspektor Philander Dearborn ließ es sich nicht nehmen, Gary Lexfield eigenhändig die Handschellen anzulegen. Dies, so vermutete Manfred, tat er mehr aus persönlichen Gründen, als um seiner Pflicht als Kriminalbeamter nachzukommen. Normalerweise überließ er nämlich solche Arbeiten großzügig seinem Untergebenen, Peter Roos, es sei denn, Zeitungsreporter waren in der Nähe.

Hier, im Haus an der Jermyn Street, geschah alles in völliger Abgeschiedenheit und Stille. Das heißt, Lexfield fing natürlich sofort an, Dearborn zu bedrohen und zu beschimpfen. Er nannte ihn einen Vollidioten, der froh sein konnte, daß es Berufe gab, die mit dem Geld der Steuerzahler entlöhnt wurden. »Sehen Sie denn nicht ein, daß Sie nicht die geringste Handhabe gegen mich haben, Sie dämlicher Esel! Mord? Wo hat man denn so was schon einmal gehört? Glauben Sie im Ernst, ich würde mein angenehmes Leben aufs Spiel setzen, um mit meinen Frauenbekanntschaften fertig zu werden?«

»Der Richter hat auf jeden Fall keine Sekunde gezögert, den Haftbefehl auszustellen, Mr. Lexfield«, entgegnete Dearborn mit zynischer Freundlichkeit. »Und ich glaube, er wird auch nicht lange zögern, Sie zum Tode zu verurteilen.«

»Wofür? Wen habe ich denn ermordet? Hier, schauen Sie sich meine Hände an! Ist da Blut dran? Im Gegenteil, ich wurde zum Opfer dieser Dame dort, die sich mit meinem Vermögen bereichert hat. Lassen Sie doch mal bitte die Gläser dort untersuchen. Da sind Fingerabdrücke dieser Dame drauf. Und in meinem Glas, von dem ich getrunken habe, wird man Gift finden.«

»Sie beschuldigen die Dame also des versuchten Giftmordes, Mr. Lexfield?« fragte Dearborn und ließ die Handschellen einrasten.

»Nein. Aber sie hat mir ein starkes Schlafmittel gegeben und mir dann neunzehntausend Pfund in bar abgenommen.«

Dearborn schüttelte den Kopf. »Das ist doch nicht Ihr Ernst, Mr. Lexfield. Ausgerechnet Ihnen soll das passiert sein! Sie sind es doch, der die Kunst des Schwindelns und der Hochstapelei beherrscht, nicht wahr. Wollen Sie jetzt etwa behaupten, daß Sie mit Ihren eigenen Waffen geschlagen wurden?« Dearborn lachte auf. »Nanana, mein Lieber, was meinen Sie, wie viele Leute sich ins Fäustchen lachen würden, wenn sie davon erführen. Sie würden auf Ihre letzten Tage hin zum Gespött von ganz London werden, und das . . .«

»Zum Teufel mit Ihnen, Dearborn!« rief Lexfield aus. »Ich werde nicht sterben. Man wird mich niemals vor ein Gericht stellen können. Es liegt nichts gegen mich vor. Nicht in Australien und nicht hier.«

»Dann darf ich vielleicht nur einen Namen nennen, Lexfield«, sagte Dearborn, und jetzt klang seine Stimme eisig. »Elsa Monarty!«

»Was ist mit ihr?« Lexfield lächelte ein fast gequältes Lächeln. »Ich habe nichts mit ihr zu tun. Ich traf eine junge Dame in Monte Carlo. Wir fuhren nach Zürich und flogen dann hierher. Wir planten zu heiraten, aber dann hat sie es sich anders überlegt und ist abgehauen. Fragen Sie mich nicht, wohin. Sie muß Gründe gehabt haben. Ich kümmere mich nicht um solche Dinge und laufe keiner Frau hinterher, glauben Sie mir!«

»Nun, es wird sich herausstellen, ob Sie die Wahrheit sagen oder nicht. Wir haben Miß Monarty nämlich gefunden.«

Lexfield wurde aschfahl im Gesicht. Ungläubig starrte er den Inspektor an. »Das . . . das ist unmöglich!« stieß er hervor. Dann lachte er gehässig auf. »Sie haben eine Tote gefunden, nicht wahr? Sie ist tot, und jetzt will man mir einen Mord anhängen.«

»Kommen Sie, Lexfield!« sagte der Inspektor und gab Peter Roos mit einer Kopfbewegung zu verstehen, daß er den Gefangenen abführen sollte.

Roos nahm Lexfield am Arm. »Machen Sie keine Umstände, Sir«, sagte er kalt, und obwohl Lexfield protestierte, schaffte man ihn aus dem Haus und in den Dienstwagen, der unten wartete.

Dearborn wandte sich Manfred und Claro May zu. »An Ihrer Stelle würde ich zusehen, daß ich den nächsten Flug kriege, Madam«, sagte er nicht gerade freundlich.

»Zuerst muß Lexfield überführt sein, Inspektor«, erwiderte sie bestimmt. »Ich komme mit.«

Dearborn warf Manfred einen fast hilflosen Blick zu, hob die Schultern und ging die Treppe hinunter. Manfred und Claro May folgten ihm. Hinter ihnen verriegelte ein Beamter von Scotland Yard die Wohnungstür und hängte ein Siegel ans Schloß. Lexfield würde nie mehr hierher zurückkehren.

Es war kühl im Leichenschauhaus von Scotland Yard. Die gekachelten Wände glänzten blitzblank. In den Chromstahltüren der Kühlfächer spiegelten sich verzerrt die fünf Männer und die Frau, die nacheinander den Raum betraten.

Den Anfang machte der Leichenbeschauer, Dr. B. G. Upton. Ihm folgten Manfred und Claro May. Dann kam Lexfield, mit Handschellen gefesselt, hinter ihm Inspektor Dearborn. Den Abschluß machte Peter Roos.

»Bitte folgen Sie mir«, sagte der Arzt, der einen weiße Arbeitskittel trug, an dem ein paar Blutflecken waren. Er führte seine Gäste vorbei an den Kühlfächern in einen kleinen Raum, der mit großen Glasfenstern abgetrennt war. Hier, auf dem Schragen, lag eine Leiche, die mit einem weißen Laken zugedeckt war. Nur die Füße ragten unten heraus, und an einem Zeh war ein Schild festgemacht, mit einer Nummer drauf, einem Datum und dem Namen Elsa Monarty.

Gary Lexfield wurde beinahe schlecht, als er den Namen las. Er gab sich aber Mühe, sich nichts anmerken zu lassen. Im Gegenteil, sein Gesichtsausdruck wurde immer trotziger. Er war bereit für alles, was da kommen sollte.

»Ich darf die Herrschaften vielleicht kurz vorbereiten«, sagte Dr. Upton. »Bei der Toten handelt es sich zweifellos um Elsa Monarty. Sie wurde einwandfrei identifiziert. Ich . . .«

»Von wem?« fragte Lexfield scharf dazwischen.

»Von mir«, sagte Claro May. Und jetzt war ihr Gesicht wie eine Maske. Ihre Augen blitzten auf.

»Von dir? Wie willst du sie gekannt haben?« Lexfield lachte höhnisch auf. »Sie war nie in Brasilien.«

»Ich auch nicht«, sagte Claro May. »Und mein Name ist nicht Dolores Velasquez, Lexfield. Mein Name ist Paula Monarty. Ich bin Elsas Schwester.«

Das war selbst für Manfred und Dearborn eine Überraschung. Beide starrten Claro May ungläubig an. Sie nickte ihnen kurz zu und wandte sich dann an den Arzt. »Bitte fahren Sie fort.«

»Well, eigentlich gibt es nicht viel mehr zu sagen.« Dr. Upton griff nach dem Laken und hob ihn vom Gesicht der Toten.

»Geben Sie zu, diese Frau um ihre Ersparnisse betrogen und sie anschließend umgebracht zu haben, Mr. Lexfield?« fragte Dearborn mit rauher Stimme.

Lexfield hielt den Atem an. Gebannt starrte er auf das wachsbleiche Gesicht nieder. Wie konnte es sein, daß Elsa so aussah, als wäre sie eben erst gestorben? Hatte Monk ihn angelogen? Hatte er es versäumt, sie rechtzeitig umzubringen? In seinem Kopf wirbelten die Gedanken durcheinander, und er hörte, wie Inspektor Dearbor seine Frage noch einmal wiederholte.

»Geben Sie zu, daß Sie diese Frau um ihre Ersparnisse betrogen und sie anschließend umgebracht haben?«

»Nein!« hörte sich Lexfield sagen. Und in seiner Panik begann er zu lügen, wie er es gewohnt war. Er bestritt, die Frau auf dem Schragen überhaupt zu kennen. Er behauptete, die Frau, die er in Monte Carlo kennengelernt hatte, wäre eine andere gewesen. »Mit dieser hier hatte ich nie etwas zu tun. Oder versuchen Sie doch zu beweisen, daß ich mit dieser Frau nach England gereist bin. Zeigen Sie mir ein Flugbillett. Bringen Sie mir einen einzigen Zeugen, dann . . .«

Manfred griff in die Tasche und holte einen Ring heraus. Er zeigte ihn Lexfield, der die Lippen fest zusammengepreßt hatte.

»Ist Ihnen vielleicht dieser Ring bekannt, Lexfield?« fragte Manfred ruhig.

»Natürlich! Das ist der Ring, den ich Dolores . . .« Er brach ab. »Ich habe diesen Ring der Frau dort zum Geschenk gemacht. Beweist das nicht meine ehrlichen Absichten? Dieser Ring ist ein Vermögen wert.«

Der Arzt bat um den Ring. Dann griff er unter das Laken und nahm die Hand und den Arm der Toten hervor. Sanft steckte er ihr das teuere Schmuckstück an den Ringfinger.

»Was soll das?« lachte Lexfield heiser. »Dieser Ring paßt Tausenden von Frauen.«

»Aber nur an einer Hand hinterließ er eine seiner ausgefallenen Form entsprechende helle Stelle«, sagte Inspektor Dearborn kalt. Er war es, der Elsa Monarty den Ring vom Finger nahm, und deutlich konnte man jetzt die Stelle sehen, die beinahe weiß war, während die übrige Hand eine natürliche Tönung hatte.

Eine natürliche Tönung! Wie war das möglich. Elsas Gesicht war so weiß wie das Bettlaken. Lexfield starrte auf die Tote nieder, und er fiel beinahe in Ohnmacht, als sich ihre Augen öffneten.

»Monk!« keuchte Lexfield.

Elsa Monarty hob den Kopf etwas an. Sie war schwach und müde, aber ein Lächeln glitt über das weiß gepuderte Gesicht.

»Er brachte es nicht übers Herz, mich umzubringen, Gary«, sagte sie mit leiser Stimme, und Peter Roos mußte Lexfield stützen, sonst wäre er auf der Stelle zusammengebrochen.

Madame Dolores Velasquez verließ England noch am gleichen Tag. Dearborn brachte sie zum Flughafen hinaus. Er stellte ihr keine Fragen, und sie versuchte nicht, ihm irgend etwas zu erklären. Er wußte, wer sie war. »Claro May«, eine Frau, die von den Polizeibehörden mehrerer Staaten gesucht wurde, die ältere Tochter von Richard Monarty, dem Oberhaupt der internationalen Organisation, deren Geschäftspraktiken sich kaum je mit bestehenden Gesetzen vereinbaren ließen.

Eigentlich hätte er sie festnehmen müssen. Aber das wollte er nicht.

»Passen Sie bitte auf meine Schwester auf«, bat sie ihn, als sie das Flughafengebäude betraten. »Sie hat in den letzten Wochen viel Schreckliches durchmachen müssen.«

»Sobald sie sich erholt hat, wird sie erst mal nach Paris fliegen«, versprach Dearborn. »Und wo treffen wir uns, wenn wir uns mal sehen wollen?« fragte er, bevor sie sich anschickte, durch die Paßkontrolle zu gehen.

»Überall, wo Sie wollen«, gab sie zurück. »Ich werde mir dazu einen passenden Namen zulegen und einen neuen Reisepaß ausstellen lassen.«

»Schottland«, sagte er. »Manfred hat mich auf die Idee gebracht, mal Urlaub in Schottland zu machen. Im Frühling. Was halten Sie davon?«

»Schreiben Sie mir«, sagte sie, dann ließ sie ihn stehen, kam ohne Schwierigkeiten durch die Kontrolle und blickte sich noch einmal nach ihm um, während sie die Gangway hinuntereilte. Ihr Flug nach Paris war angesagt, und Dearborn verließ den Flughafen, fuhr in die Stadt zurück und traf sich in der Curzon Street mit Manfred.

»Man hat Monk nirgendwo aufgestöbert«, erzählte ihm Manfred. »Den ganzen Park hat man abgesucht und die Kellergewölbe. In einer Gruft stieß man auf eine Falltür. Darunter, in einem Loch, fand man die Leiche einer Frau, die Monk wahrscheinlich vor länger als einem halben Jahr im Auftrag von Lexfield umgebracht hat.«

»Dann wird Lexfield also doch dem Henker nicht entgehen«, sagte Dearborn grimmig und holte seine Nasentropfen aus der Manteltasche.

Edgar Wallace

Nacherzählt von Alex Barclay

Das Silberne Dreieck und Der wirkliche Mr. Drake

Junge Amateurdetektive sollten auch nach diesem Band fahnden. Vielleicht merken sie eher als der ewig verschnupfte Inspektor Dearborn, wer der Täter ist. Schon schwieriger wird es sein, das Kombinationstalent des Silbernen Dreiecks zu übertreffen. Aber Spaß und Spannung sind zwei Ergebnisse, die sich bei der Lektüre auf jeden Fall einstellen werden.

C. Bertelsmann Jugendbuch

Edgar Wallace
speziell für
Kinder als Hörspiele 12 x
auf LP + MC vom
»Hexer bis zum Zinker«!
FOLGE 3
Edgar Wallace
maritim
DER HEXER
Kriminal-Hörspiel nach dem berühmten Roman von
EDGAR WALLACE
...für Kinder
EXCLUSIV VON
maritim
Es ist unmöglich, von
Edgar Wallace nicht
gefesselt zu sein!
G+J
Ist die LP/MC im Handel vergriffen,
wenden Sie sich an: Gruner + Jahr AG & Co.,
Bereich Tonträger · Fontenay 11
Postfach 30 20 40 · 2 Hamburg 36